And readers—write the editor of THRILLING WONDER STORIES a regular monthly letter. We want all your suggestions and criticisms. They are helping to make THRILLING WONDER STORIES the type of magazine you want.—THE EDITOR.

CHAPTER NEWS AND GENERAL ACTIVITIES

LOS ANGELES

December 2, 1937

SCIENCE-FICTION

At 9:30 P.M., after interesting period of informal discussion, meeting was called to order by Director Russ Hodgkins. Minutes of preceding meeting, including summary of lengthy debate, feature of the meeting, were read and approved.

Among the visitors were Neva Bradbury and friend, brought and introduced by member Ray Bradbury; Philip Fink, a fan recently from New York City; Leonard Adland; and Robert Lovelace. New member who supported our unofficial average of one per meeting was Wilbur F. Stimson.

At request of 4E Ackerman, a discussion was held regarding the future of the chapter organ, **Imagination!** He informed the club that more cooperative response to the enterprise was required to insure continued existence of the periodical, resulting in sufficient promises of service to enhearten somewhat those upon whose shoulders the work has been resting.

SCIENCE FICTION LEAGUE

SCIENCE-FICTION

FORREST J. ACKERMAN

evergreen

EVERGREEN is an imprint of Benedikt Taschen Verlag GmbH

Hohenzollernring 53, D–50672 Köln
First published by
General Publishing Group, Inc.
Los Angeles
Originaltitel: Forrest J Ackerman's World of Science Fiction

Übersetzung: Ronald M. Hahn, Wuppertal
Redaktion und Produktion der deutschen Ausgabe: Robert Hamacher
und René Zey für Königsdorfer Medienhaus, Frechen
Koordination: Petra Hugenschmidt, Köln
Umschlag: Catinka Keul, Köln

Printed in Spain
ISBN 3–8228–7295–4

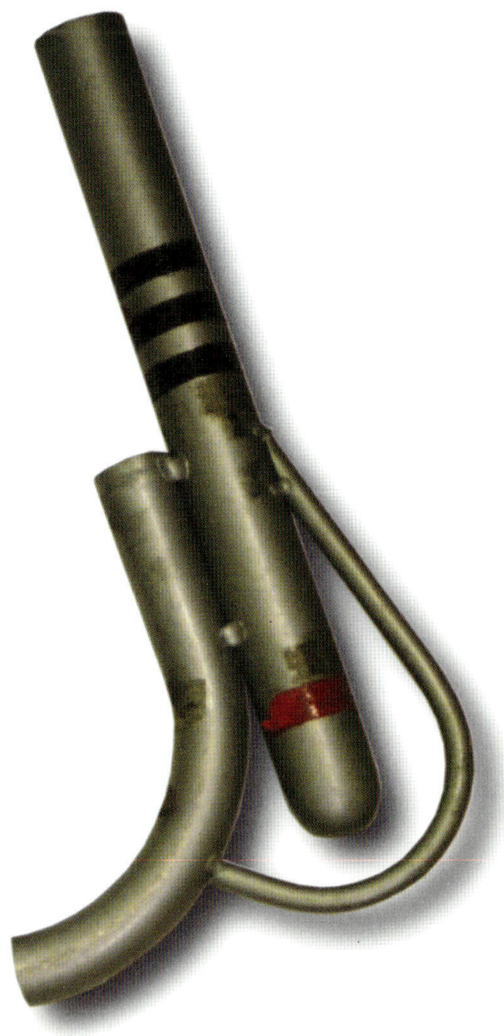

Vorherige Seiten: Die Bürger von *Metropolis* (1927) auf dem Weg zur Arbeit. Die Darsteller von *Flash Gordon* (1936). Dana Wynter und Kevin McCarthy auf der Flucht vor den Invasoren in *Die Dämonischen* (1956) © Allied Artists. Bruce Willis in *12 Monkeys* (1995) © MCA/Universal. Die *Enterprise* wehrt in *Star Trek IV: Zurück in die Gegenwart* (1986) einen klingonischen Zerstörer ab © Paramount Productions. Die Sternentorsequenz aus *2001: Odyssee im Weltraum* (1968) © Metro-Goldwyn-Mayer. In *Das Imperium schlägt zurück* (1980) denkt Yoda über die Zukunft nach © Lucasfilm Ltd. **Diese und rechte Seite:** Von *Buck Rogers* (1939) inspirierte Strahlenpistolen.

INHALT

Wie beschreibt man treffend die lebenslange Verbundenheit eines Menschen mit dem Phänomen, das man heute Science-fiction nennt? Wie umreißt man das Wesen eines Mannes, der nicht nur ihre Geburt und Entwicklung miterlebt, sondern sie zudem mitgestaltet und unbestrittenen Einfluß auf das gesamte Genre genommen hat?

Es erfordert einen besonderen Geist, um diese Aufgabe zu erfüllen; einen Geist, der nicht in der gleichen Welt oder Zeit lebt wie der Rest der Menschheit. Forrest J. Ackerman hat diesen Geist. Er hat vom Tag seiner Geburt an Dinge gesehen, die andere sich nicht vorzustellen wagten: Zukunftsstädte, Übermenschen, Roboter, Raketen, die zu anderen Planeten und Sonnensystemen fliegen sowie außerirdische Lebensformen. Forry, wie seine Freunde ihn nennen, tat sich mit anderen großen Science-fiction-Geistern zusammen, gründete Fanzeitschriften und Clubs und stellte Kongresse auf die Beine, um mit anderen über diese besonderen Welten zu diskutieren. Viele haben sich gefragt, warum Forrys Geist in unserer modernen Welt, in der die Science-fiction zu einer Unterhaltung für die breite Masse geworden ist, etwas Besonderes darstellt. Die Antwort: Weil er zu den Gründern gehörte, die uns dorthin brachten, wo wir heute stehen.

A. E. van Vogt. Foto: Jay Kay Klein.

Beim Beschreiben der Leistungen bedeutender Science-fiction-Persönlichkeiten ist es wichtig, die Denkprozesse und die Summe der Ideen gründlich zu untersuchen, die sie der Gesellschaft gegeben haben.

In meinem Roman *Expedition der Space Beagle* habe ich eine Figur erschaffen, die ich als Nexialisten bezeichne. *Nexialismus* ist ein von mir erfundener Begriff für „angewandten Ge-

ZUM GELEIT

Forrest J. Ackerman, Absolvent (mit Auszeichnung) der Nexialismusstiftung

VON A. E. VAN VOGT

samtismus" – eine Disziplin, die bestimmte Lösungen erbringt, indem sie viele Wissenschaften zusammenführt und miteinander verknüpft.

Science-fiction-Pioniere vom Beginn bis etwa zur Mitte des 20. Jahrhunderts entwickelten und verfeinerten ihr Wirken: John W. Campbell behandelte die anthropologischen Aspekte der Science-fiction; Edmond Hamilton, Leigh Brackett, Edward Elmer Smith und Ray Cummings waren an der Schöpfung der ersten Space operas beteiligt. Jack Williamson, Stanley G. Weinbaum, L. Sprague de Camp und Harry Bates beschäftigten sich allesamt damit, innerhalb der Science-fiction ihre eigene Persönlichkeit zu entwickeln. Ich selbst nahm die Erforschung der nicht aristotelischen Philosophie und Sir Alfred Korzybskis *Allgemeine Semantik* in Angriff, die mir wiederum half, *Die Welt der Null-A* und andere Erzählungen zu erschaffen.

Doch während jeder von uns das Universum aus seiner individuellen Sichtweise und in seiner persönlichen Disziplin erforschte, gab es noch Forrest J. Ackerman, der schon seit den ersten Tagen der Pulp-Magazine dabei war. Forrest J. Ackerman ist ein Nexialist der Science-fiction des 20. Jahrhunderts. Als Autor, Zeitschriftenredakteur, Anthologienherausgeber, Agent, Verleger, Schauspieler, Vortragsreisender, Archivar, Historiker und Fan ist er äußerst umtriebig. Doch Ackerman beschäftigte sich nicht nur mit all diesen Dingen, sondern stieß auch erfolgreich zu ihrem Kern vor. Es ist ihm in seinem Leben auch gelungen, seine – *unsere* – Welten so darzustellen, daß viele andere Menschen, die darauf warteten, ihre Phantasien stillen zu können, ins Zentrum dessen eintauchten, wozu die Science-fiction dient: der Welt mitzuteilen, daß die Probleme und Möglichkeiten der Zukunft nicht nur eine oder zwei Lösungen besitzen, sondern daß uns unzählige Ideen und Disziplinen zur Verfügung stehen.

Einige Jahre, nachdem Forrest J. Ackerman die Pulp-Magazine entdeckt hatte (1926), gründete er den ersten Korrespondenzverein für Jugendliche. Im Alter von 15 Jahren stand er in einem regen Briefwechsel mit über 100 Science-fiction-Lesern in allen Teilen der Welt.

Ackerman hat in seinem Leben viele Menschen kennengelernt und als Freunde gewonnen: H. G. Wells; Edgar Rice Burroughs, den Autor der *Tarzan-* und *John-Carter*-Romane; Hugo Gernsback, den Redakteur und Verleger des ersten Science-fiction-Magazins *Amazing Stories;* den überragenden Pulp-Zeichner Frank R. Paul, der als erster phantasievolle Farbillustrationen vom Leben auf anderen Planeten schuf; den Künstler Virgil Finlay; die Autoren Henry Kuttner, Catherine Moore, Frederik Pohl und Dutzende andere Science-fiction-Autoren, -Künstler und -Redakteure.

Forrest J. Ackerman hat zahlreiche Science-fiction-Anthologien herausgegeben und über vier Dutzend eigene Erzählungen

In den 40er und 50er Jahren wurde jedes Kinoeckchen für irgendeine Werbung genutzt. Wenn man hinausging, war die Quersprosse über der Tür zur Straße mit sogenannten „Bannern" bepflastert, die Programmvorschauen zeigten. Es war eine tolle Zeit für Science-fiction-Filme, und ich konnte meiner Sammlung manch einmaliges Filmandenken einverleiben.

publiziert. Nebenher war er über einen Zeitraum von mehr als 40 Jahren literarischer Agent von Autoren wie Harry Bates (dessen unsterbliche Erzählung *Abschied vom Herrn* als Grundlage des Science-fiction-Filmklassikers *Der Tag, an dem die Erde stillstand* diente), Ray Cummings, Raymond F. Jones, dem Autor von *Insel zwischen den Sternen* und vieler anderer Werke, sowie Leslie F. Stone. Neben einigen hundert anderen betreute Ackerman auch mich als Agent.

Forrest J. Ackerman hat an 54 von 55 Science-fiction-Weltkongressen auf dem gesamten Globus teilgenommen, den ersten eingeschlossen. Er war Kongreßehrengast in den gesamten USA und in Kanada und – was vielleicht noch wichtiger ist – eine Art diplomatischer Vertreter der Science-fiction in anderen Ländern und Kulturen, einschließlich Australiens, Brasiliens, Tschechiens, Englands, Frankreichs, Deutschlands, Ungarns, Italiens, Japans, Portugals, Rußlands, Skandinaviens und Spaniens. In den späten 90er Jahren war er Ehrengast des Internationalen Science-fiction-Kongresses in Peking.

Auch zu Hause in Amerika wirbt Forrest J. Ackerman für die Science-fiction Legionen von neuen Lesern. In den letzten 45 Jahren hat er 25 000 Fans durch die 18 Räume seines „Ackermansion" geführt, das sich in der Nähe des Griffith-Park-Observatoriums befindet. Und sein Haus ist noch immer das Heim vieler Fans, die sich wöchentlich bei ihm treffen, um der Sache der Science-fiction und der Phantasie zu dienen.

Der Redakteur Anthony Boucher (1911–1968) sagte über ihn: „Gäbe es Forrest J. Ackerman nicht, müßte man ihn erfinden." George Pal, Produzent und Trickspezialist von Filmen wie *Endstation Mond (Desti-*

nation Moon) und *Krieg der Welten (The War of the Worlds)*, bezeichnete Ackermans Sammlung als „Fort Knox der Science-fiction". Kein Mensch (es sei denn, Mr. Ackerman ist ein getarnter Außerirdischer) hat sich jemals so gründlich mit allen Aspekten der Science-fiction befaßt. Welch ein Glück, daß das beinahe photographische Gedächtnis dieses Achtzigers erstaunlich intakt geblieben ist!

Genießen Sie also dieses Buch, in dem Forrest J. Ackerman, der Nexialist der Science-fiction, uns erlaubt, durch seine Augen die Höhepunkte eines Jahrhunderts voller Phantasie und Wunder zu schauen.

Stehend, VON LINKS NACH RECHTS: **Ultima, Robby und Gort. Kniend: Forry.**

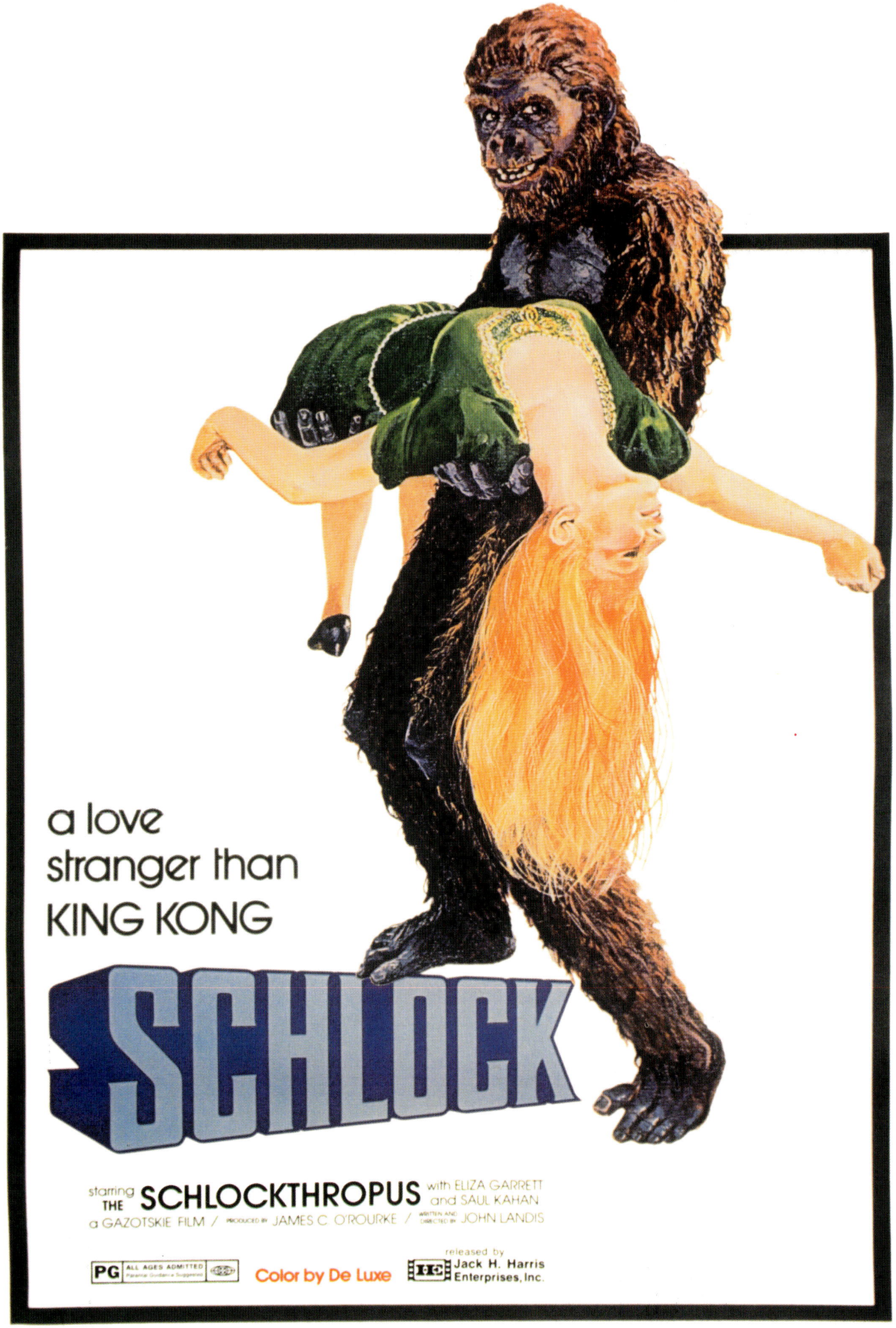

a love
stranger than
KING KONG
SCHLOCK
starring THE SCHLOCKTHROPUS with ELIZA GARRETT and SAUL KAHAN
a GAZOTSKIE FILM / PRODUCED BY JAMES C. O'ROURKE / WRITTEN AND DIRECTED BY JOHN LANDIS
PG ALL AGES ADMITTED
Color by De Luxe
released by
Jack H. Harris
Enterprises, Inc.

VORWORT

VON JOHN LANDIS

Mein erster Besuch in Forrest J. Ackermans Haus fand 1972 statt. Ich befand mich in Begleitung Rick Bakers.

Rick und ich hatten einen albernen Monsterfilm mit dem Titel *Schlock – Das Bananenmonster (Schlock)* gedreht. Durch ihn hatten wir FJA in seiner Eigenschaft als Redakteur der Zeitschrift *Famous Monsters of Filmland* kennengelernt.

Das Haus, das gegenüber dem Olympia Boulevard und in der Nähe von La Cienega lag, war mit Science-fiction- und Fantasy-Erinnerungsstücken vollgestopft. Die verblüffende Sammlung aus Büchern, Plakaten, Standfotos, Spielzeug und Requisiten war überall verstreut – sogar im Kühlschrank.

Später, als Ackerman ins „Ackermansion" nach „Horrorwood, Karloffornia" umzog (früher im Besitz des Filmschauspielers Jon Hall), durfte ich sogar dabei helfen, zahllose Kisten mit Schätzen in die Hollywood Hills zu schleppen.

Die außergewöhnliche Ackerman-Sammlung profitierte von den zahllosen Freundschaften ihres Besitzers, zu denen nicht nur die führenden Köpfe der phantastischen Literatur zählen, sondern auch Filmleute, die bis zu Carl Laemmle zurückreichen.

Zu seinen Jugendkumpanen zählen Ray Harryhausen und Ray Bradbury. Zu seinen Freunden und Bekannten gehörten und gehören George Pal, Fritz Lang, Robert Bloch, Bela Lugosi, Vincent Price, Joe Dante, Dick Smith, Ib Melchior, Mrs. Willis O'Brien und Curt Siodmak. Sie alle trugen zu seiner bemerkenswerten Sammlung von Büchern und Requisiten bei.

1932 gab Forrest J. Ackerman die erste Liste aller ihm bekannten phantastischen Filme heraus: Es waren 34. 65 Jahre später listet er sie noch immer auf.

Forrest J. Ackerman ist vieles: Er ist Literaturagent, Schauspieler, Fan, Autor, Wortspielschöpfer und Redakteur. Er gibt Anthologien heraus. Er ist Verleger und Sammler. Ein außerordentlich qualifizierter Mensch, um über die Welt der Science-fiction zu schreiben. Und ein sehr lieber Freund.

John Landis
Los Angeles, 1997

1972 drehte ein 22 Jahre alter Ex-Bürobote der Firma 20th Century Fox für 60 000 Dollar seinen ersten Spielfilm, *Schlock,* der mir sehr gefiel.

Der ursprüngliche Titel war *The Banana Monster.* Der Film kam zwar nur begrenzt in den Verleih, war aber so beliebt, daß er 6 Millionen Dollar einspielte. Dieses Plakat ist eines der wenigen, die noch existieren.

DIESES BUCH IST DEM ANDENKEN
FOLGENDER PERSONEN GEWIDMET:

Alden und Wendayne Ackerman
Isaac Asimov & Harry Bates
Edgar Rice Burroughs
John W. Campbell
Mark Carducci
Stanton A. Coblentz & Ray Cummings
Gerry de la Ree & E. Everett Evans
Georges Gallet & Hugo Gernsback
Brigitte Helm & Linus Hogenmiller
David H. Keller & Henry Kuttner
Fritz Lang
Catherine L. Moore & Morojo
Sam Moskowitz & George Pal
Frank R. Paul & Olaf Stapledon
Claude Rains & Gene Roddenberry
Conrad H. Ruppert
Carl Sagan & Edward E. Smith
John Taine & William F. Temple
A. Hyatt Verrill
Stanley G. Weinbaum &
Herbert George Wells
Belle & George Herbert Wyman
Ludwig „Esperanto“ Zamenhof

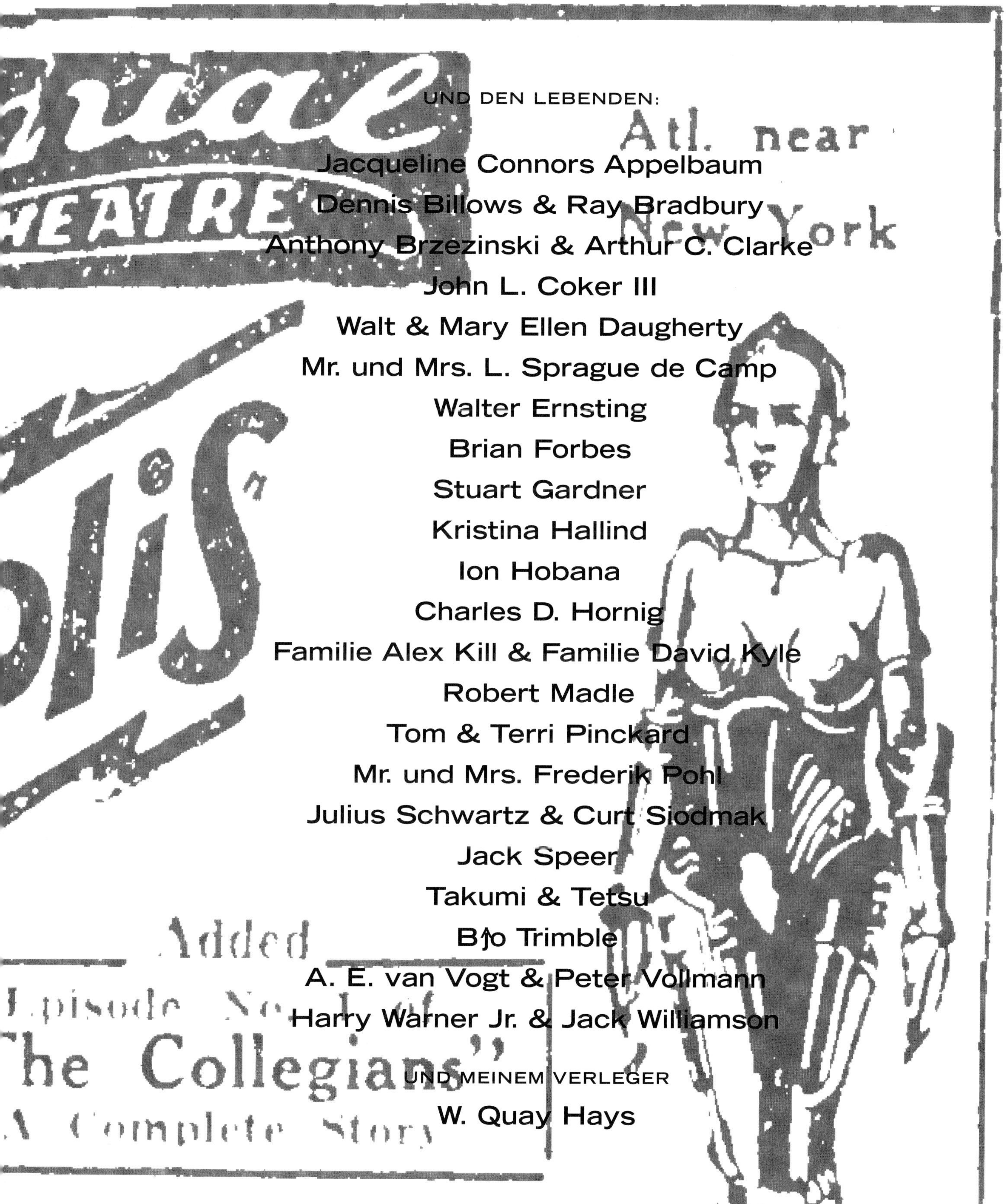

UND DEN LEBENDEN:

Jacqueline Connors Appelbaum

Dennis Billows & Ray Bradbury

Anthony Brzezinski & Arthur C. Clarke

John L. Coker III

Walt & Mary Ellen Daugherty

Mr. und Mrs. L. Sprague de Camp

Walter Ernsting

Brian Forbes

Stuart Gardner

Kristina Hallind

Ion Hobana

Charles D. Hornig

Familie Alex Kill & Familie David Kyle

Robert Madle

Tom & Terri Pinckard

Mr. und Mrs. Frederik Pohl

Julius Schwartz & Curt Siodmak

Jack Speer

Takumi & Tetsu

Bjo Trimble

A. E. van Vogt & Peter Vollmann

Harry Warner Jr. & Jack Williamson

UND MEINEM VERLEGER

W. Quay Hays

Forrys Einführung in die „scientifiction“.

EINFÜHRUNG

WIE ALLES BEGANN

Der Wortzauberer Ray Bradbury hat den Oktober den „wilden, den gespenstischen Monat" genannt. Im Oktober – des Jahres 1926, um genau zu sein – nahm ich, der kleine, neun Jahre alte Forry Ackerman, mit großen, erstaunten Augen das Halloween-Geschenk entgegen, das mein gesamtes Leben beeinflussen und steuern sollte. Ich stand vor einem Kiosk an der Nordostecke des Santa Monica/Western Boulevard in Los Angeles. Die Oktoberausgabe der Zeitschrift *Amazing Stories* sprang mich aus einem Ständer heraus an, hielt mich fest und redete mit mir. „Nimm mich mit nach Hause, Kleiner", sagte sie. „Ich werde dir *gefallen!*"

Und so begann meine lebenslange Liebesaffäre mit der Science-fiction, die man damals noch „scientifiction" nannte. Zu „Science-fiction" wurde sie erst 1929.

In diesem Oktober war ich zum ersten Mal im Zirkus gewesen. Die Vielfalt der tierischen Lebensformen hatte mich fasziniert: baumstammschwenkende Dschungeldickhäuter – Elefanten, furchterregende Großkatzen – Löwen, Tiger, Leoparden; großartige, schwerfällige Rhinozerosse und Nilpferde; langhalsige Giraffen und humanoide Anthropoiden – Menschenaffen.

Und was erblickten meine großen Augen nun auf dem Umschlag von *Amazing Stories*? – Irgendeine Art aufrecht gehendes Schalentier, etwa dreimal so groß wie ein Mensch, das einen Mann freundlich zu begrußen schien. Der Mann mit den zerfetzten Kleidern war offenbar gerade einem futuristischen Unterseeboot entstiegen. Der österreichische Zeichner Frank Rudolph Paul hatte meine Seele eingefangen.

Im Innenteil erfuhr ich, daß der Umschlag eine Szene aus der Erzählung *Beyond the Pole* von A. Hyatt Verrill illustrierte, einem frühen Autor der Magazin-Science-fiction. Nach der Lektüre von *A Columbus of Space* (Autor war der Astronom Garrett P. Serviss) erfuhr ich vom Planeten Venus, und mir wurde klar, daß die Erde nicht der einzige Planet ist, der um die Sonne

Der kleine Forry Ackerman, bevor er die Science-fiction kennenlernte.

OBEN: **Der erste meiner zahlreichen von der Science-fiction besessenen Brieffreunde war Linus Hogenmiller, hier auf einem Foto von 1930.**

RECHTS: **Robert A. W. Lowndes und Forry in seinem „Futuristikostüm" am 4. Juli 1939 in New York City.**

kreist. Die dritte Erzählung, *The Purchase of the North Pole*, machte mich mit dem legendären Franzosen Jules Verne bekannt. Seiner Geschichte folgten H. G. Wells' mutierte Geschöpfe in *Die Insel des Dr. Moreau*, die 1932 zu den „Tiermenschen" des Films *Insel der verlorenen Seelen (Island of Lost Souls)* mit Charles Laughton wurden. Die „mit Zuckerguß überzogene Naturwissenschaft" des Redakteurs Hugo Gernsback hatte mir die Augen für Wunder jeglicher Art geöffnet, die ich mir nie hätte träumen lassen.

Wenn ich über diese erste Zeitschriftenlektüre nachdenke, frage ich mich, wieviel ich damals wohl begriffen habe, denn ich hatte noch nie von Atomen, Kometen, Zodiakallicht, Epiphyten, Vivisektion oder kolorierten Wellenlinien gehört und kannte auch die Millionen anderen Ausdrücke nicht, auf die man in „Scientifiction"-Stories stieß. Ich hatte freilich keine Angst, ins Wörterbuch zu schauen oder meine Eltern zu fragen. Und ich konnte nicht genug kriegen.

Eine Seite zeigte eine faszinierende Anzeige für einen Roman, der „700 Jahre in der Zukunft" spielt. Er hieß *Ralph 124C 41+*, stammte von Hugo Gernsback und wurde von einem Umschlag des schon erwähnten Frank R. Paul (s. S. 79) geziert: Er zeigt den mit einer Denkerstirn geschmückten Ralph, den größten Wissenschaftler einer fernen Zukunft, vor einem Gerät, mit dem er, wie wir heute sagen würden, eine Nachricht an seine Liebste „faxt", die er auf einem ovalen „Visiskop"-Bildschirm erblickt. Das Buch kostete zwar (inkl. Versand) nur 2,15 Dollar, aber es hätte ebensogut 215 Dollar kosten können, so daß es, obwohl ich nach ihm lechzte, noch mehrere Jahre dauerte, ehe ich es mir leisten konnte.

Gernsbacks Leitartikel hat meine persönliche Ästhetik so stark geprägt, daß es nur gerecht ist, wenn ich ihn hier in seiner Gänze dokumentiere. Blättern Sie um. Willkommen, Altfans und Neos, in Forrest J. Ackermans Welt der Science-fiction!

April, 1926
25 Cents
AMAZING STORIES
HUGO GERNSBACK
EDITOR
Stories By
H. G. WELLS
JULES VERNE
EDGAR ALLEN POE
EXPERIMENTER PUBLISHING COMPANY, NEW YORK, PUBLISHERS OF
RADIO NEWS - SCIENCE & INVENTION - RADIO REVIEW - AMAZING STORIES - RADIO INTERNACIONAL

Volume 1

AMAZING STORIES

THE MAGAZINE OF SCIENTIFICTION

April, 1926
No. 1.

HUGO GERNSBACK, F.R.S., *Editor*
DR. T. O'CONOR SLOANE, M.A., Ph.D.; *Managing Editor*
Editorial and General Offices - - - 53 Park Place, New York, N. Y.

Extravagant Fiction Today - - - - - - - - Cold Fact Tomorrow

A NEW SORT OF MAGAZINE

By HUGO GERNSBACK, F.R.S.

ANOTHER fiction magazine!

At first thought it does seem impossible that there could be room for another fiction magazine in this country. The reader may well wonder, "Aren't there enough already, with the several hundreds now being published?" True. But this is not "another fiction magazine," AMAZING STORIES is a *new* kind of fiction magazine! It is entirely new—entirely different—something that has never been done before in this country. Therefore, AMAZING STORIES deserves your attention and interest.

There is the usual fiction magazine, the love story and the sex-appeal type of magazine, the adventure type, and so on, but a magazine of "Scientifiction" is a pioneer in its field in America.

By "scientifiction" I mean the Jules Verne, H. G. Wells, and Edgar Allan Poe type of story—a charming romance intermingled with scientific fact and prophetic vision. For many years stories of this nature were published in the sister magazines of AMAZING STORIES—"SCIENCE & INVENTION" and "RADIO NEWS."

But with the ever increasing demands on us for this sort of story, and more of it, there was only one thing to do—publish a magazine in which the scientific fiction type of story will hold forth exclusively. Toward that end we have laid elaborate plans, sparing neither time nor money.

Edgar Allan Poe may well be called the father of "scientifiction." It was he who really originated the romance, cleverly weaving into and around the story, a scientific thread. Jules Verne, with his amazing romances, also cleverly interwoven with a scientific thread, came next. A little later came H. G. Wells, whose scientifiction stories, like those of his forerunners, have become famous and immortal.

It must be remembered that we live in an entirely new world. Two hundred years ago, stories of this kind were not possible. Science, through its various branches of mechanics, electricity, astronomy, etc., enters so intimately into all our lives today, and we are so much immersed in this science, that we have become rather prone to take new inventions and discoveries for granted. Our entire mode of living has changed with the present progress, and it is little wonder, therefore, that many fantastic situations—impossible 100 years ago—are brought about today. It is in these situations that the new romancers find their great inspiration.

Not only do these amazing tales make tremendously interesting reading—they are also always instructive. They supply knowledge that we might not otherwise obtain—and they supply it in a very palatable form. For the best of these modern writers of scientifiction have the knack of imparting knowledge, and even inspiration, without once making us aware that we are being taught.

And not only that! Poe, Verne, Wells, Bellamy, and many others have proved themselves real prophets. Prophesies made in many of their most amazing stories are being realized—and have been realized. Take the fantastic submarine of Jules Verne's most famous story, "Twenty Thousand Leagues Under the Sea" for instance. He predicted the present day submarine almost down to the last bolt! New inventions pictured for us in the scientifiction of today are not at all impossible of realization tomorrow. Many great science stories destined to be of an historical interest are still to be written, and AMAZING STORIES magazine will be the medium through which such stories will come to you. Posterity will point to them as having blazed a new trail, not only in literature and fiction, but in progress as well.

We who are publishing AMAZING STORIES realize the great responsibility of this undertaking, and will spare no energy in presenting to you, each month, the very best of this sort of literature there is to offer.

Exclusive arrangements have already been made with the copyright holders of the entire voluminous works of ALL of Jules Verne's immortal stories. Many of these stories are not known to the general American public yet. For the first time they will be within easy reach of every reader through AMAZING STORIES. A number of German, French and English stories of this kind by the best writers in their respective countries, have already been contracted for and we hope very shortly to be able to enlarge the magazine and in that way present always more material to our readers.

How good this magazine will be in the future is up to you. Read AMAZING STORIES—get your friends to read it and then write us what you think of it. We will welcome constructive criticism—for only in this way will we know how to satisfy you.

1. KAPITEL

DIE JUNGFER, DIE EIN MONSTRUM SCHUF

Mary Shelleys *Frankenstein*

Brian W. Aldiss, nach Arthur C. Clarke der bekannteste britische Autor moderner Science-fiction, hat Mary Wollstonecraft Shelley die „Mutter der Science-fiction" genannt, und seine Bezeichnung ist in der Welt der Science-fiction-Leser und -Fans haften geblieben.

Shelleys Ruhm beruht auf dem Roman *Frankenstein* (1818), den sie als junges Mädchen schrieb. Von deutschen Geistergeschichten angeregt, die sie und ihre Freunde im ungewöhnlich verregneten Sommer des Jahres 1816 lasen, hatte sie in einer Gewitternacht in der Schweiz einen Alptraum, der ihre Phantasie anregte. Daraus entstand der weltberühmte Roman *Frankenstein*. Man fragt sich allerdings, warum sie ihn nicht wenigstens *Dr. Frankenstein* nannte.

Heutzutage denkt man bei dem Namen für gewöhnlich nicht an den Anatomie-Arzt, sondern an das von Boris Karloff in dem Filmklassiker von 1931 gespielte Geschöpf, was hauptsächlich an der genialen Arbeit des Maskenbildners Jack Pierce liegt, der das teigige Gesicht, die vernarbte Stirn und den schraubenbewehrten Hals erschaffen hat. Es gab auch mehrere Frankenstein-Filme, z.B. *Frankensteins Fluch (The Curse of Frankenstein*, 1957; Regie: Terence Fisher), in denen Peter Cushing die Rolle des schurkischen Arztes spielte. Diese Filme fallen aus dem Rahmen, weil sie eher den Menschen Frankenstein zum Thema machen.

Es gibt mehr als 250 Ausgaben des Buches, illustrierte und übersetzte: deutsche, französische, niederländische, spanische, italienische, portugiesische, japanische oder griechische Ausgaben. Es gibt Fortsetzungen wie *Frankensteins Braut*, Ableger und Dutzende von Parodien wie *Slave of Frankenstein, Pet of Frankenstein, Rivals of Frankenstein, The Frankenstein Diaries, Burlesque of Frankenstein, Frankenstein's Aunt* sowie *Frankenstein Is Alive and Well* und *Living with Mrs Frankenstein.*

Das bekannteste Gesicht der gesamten Literatur (nicht nur der Science-fiction) gehört zweifellos dem Frankenstein-Monster, 1931 dargestellt von Boris Karloff. Maske: Jack Pierce.

Mary Wollstonecraft Shelley (1797–1851) war noch keine 20 Jahre alt, als sie den Roman *Frankenstein; or, The Modern Prometheus* schrieb. Obwohl ihr Name nicht auf der Erstausgabe von 1818 (GANZ RECHTS) steht, sicherte ihre Schöpfung ihr einen Platz in der Geschichte. (Das obige Porträt wurde 1841 von Rothwell angefertigt und hängt in der National Portrait Gallery in London.) Im Lauf der Zeit sind so viele Ausgaben ihres Buches erschienen, daß ich einen ganzen Schrank voll besitze (RECHTS). Die folgenden Seiten zeigen Ausgaben aus aller Welt.

DER INHALT

Der Klappentext der englischen Wordsworth-Classics-Ausgabe faßt den Inhalt prägnant zusammen: „Das Ungeheuer wird von einem jungen Studenten der Naturwissenschaften namens Frankenstein mittels Galvanismus aus menschlichen Einzelteilen erschaffen. Trotz seines verzweifelten und rührenden Verlangens nach Zuneigung, Verständnis und einer Gefährtin erweckt das monströse Geschöpf bei allen, denen es begegnet, Abscheu. Aus dieser Zurückweisung entwickelt sich eine Schauergeschichte, die Tod, durch Leid erzeugten Wahnsinn und Zerstörung gebiert und in einer Verfolgungsjagd durch die erstarrte Ödnis der Arktis und in schrecklicher Nemesis endet."

Was 1818 noch aufregend klang, wirkt heute leider fade: Zunächst wird das Ungeheuer viel zu kurz beschrieben. Es hat wäßrig-gelbe Augen, die zu seiner gelben Haut passen. Sein Gesicht ist schrumpelig, seine Lippen sind gerade und schwarz. „Kein Sterblicher konnte das Grauen dieses Antlitzes ertragen. Keine zum Leben erweckte Mumie konnte so abscheulich sein wie dieses Geschöpf. Seine Haut verbarg kaum die Bewegungen der Muskeln und der darunterliegenden Arterien; sein Haar war von schimmerndem, fließendem Schwarz; seine Zähne von perlenhaftem Weiß. Ein Ding, das sich nicht einmal ein Dante hätte ausmalen können." Das ist alles. Da fragt man sich, wie Edgar Allan Poe das Ungeheuer beschrieben hätte. Oder H. P. Lovecraft, Robert Bloch, Stephen King. Shelley mag zwar die Mutter der Science-fiction sein, aber war sie auch ihre Meisterin?

Außerdem spielt das Ungeheuer in dem Buch keine große Rolle, sondern tritt nur sporadisch in Erscheinung.

Und schließlich scheint der Ausgang des Romans nie jemandem eigenartig vorgekommen zu sein. Würde ich mich ins Nördliche Eismeer aufmachen, käme ich ohne Hilfe niemals dort an, obwohl ich relativ normal aussehe, gut betucht und fähig bin, Fragen zu stellen, und obwohl ich mir Fahrkarten und Mahlzei-

ten leisten kann. Wie also ist es dem armen Monstrum, vor dem jeder zurückweicht, der es erblickt, gelungen, täglich drei Mahlzeiten einzunehmen und Passagen auf Kutschen, Zügen und Schiffen zu buchen, ohne die es diese Strecke nie hätte zurücklegen können?

Ich gehe trotzdem davon aus, daß man das Buch auch weiterhin verlegen wird und daß, bevor mein Leben endet, über 300 verschiedene Ausgaben meine Sammlung schmücken. Falls es ein Leben nach dem Tode gibt (was ich als Humanist in der ehrenwerten Gesellschaft von Asimov und Roddenberry seit langem bezweifle) und ich Mary Shelley im Jenseits begegne, werde ich sie um Verzeihung bitten, weil ich so kritisch mit ihrem Klassiker umgesprungen bin. Leider habe *ich* noch nichts geschrieben, das man in 200 Jahren noch lesen wird. Ich hoffe, sie erklärt mir dann, wie das Ungeheuer in die Arktis gelangt ist.

Mexikanisch

Japanisch

Spanisch

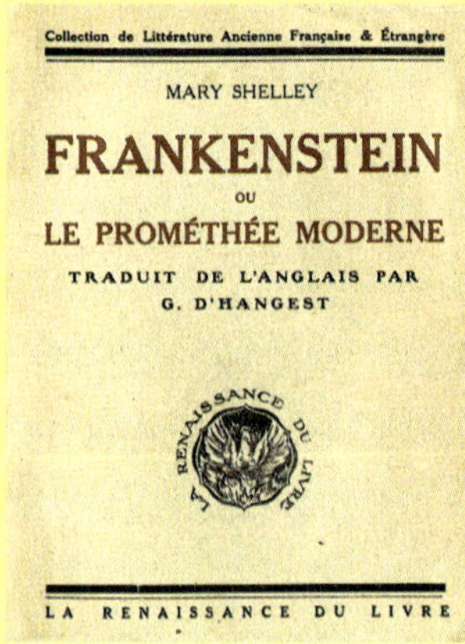

Französisch

Polnisch

Neuseeland

Deutsch

Italienisch

MARY WOLLSTONECRAFT SHELLEY'S
Frankenstein

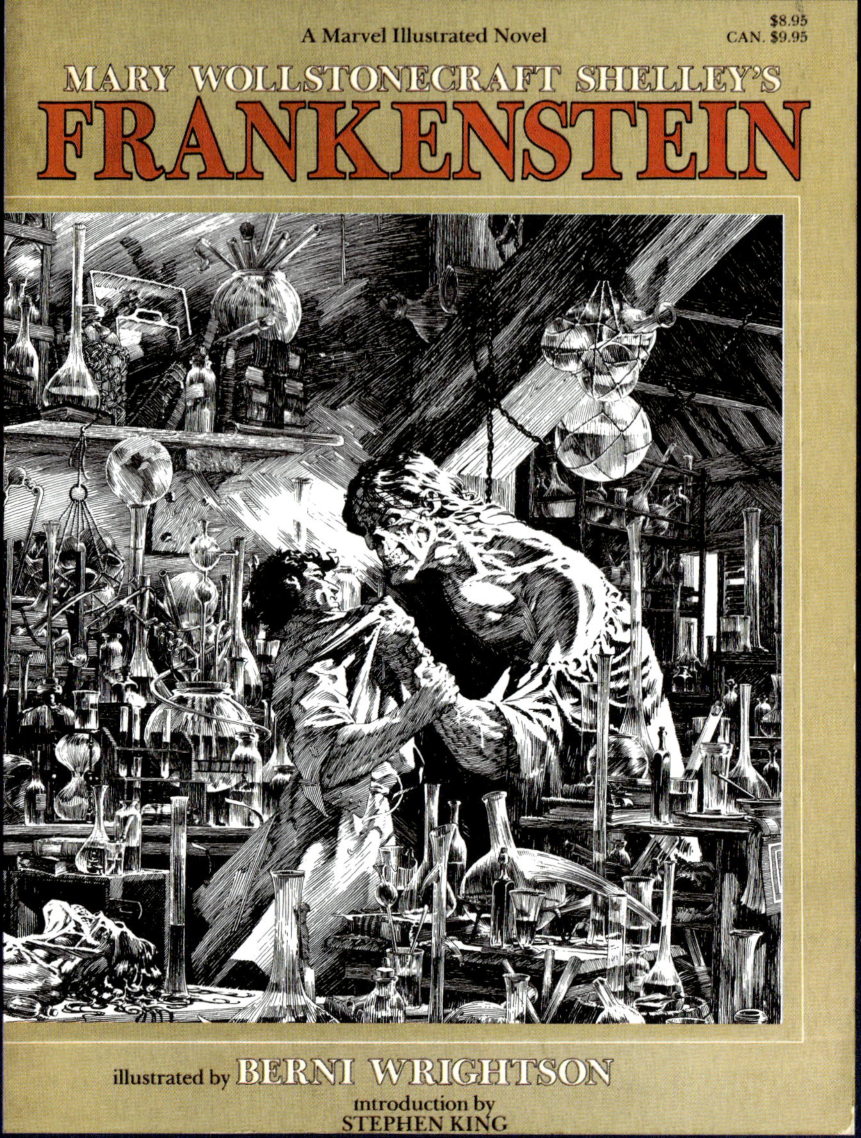
A Marvel Illustrated Novel
$8.95
CAN. $9.95
MARY WOLLSTONECRAFT SHELLEY'S
FRANKENSTEIN
illustrated by BERNI WRIGHTSON
introduction by
STEPHEN KING

MARY SHELLEY
FRANKENSTEIN
Illustrated by
CHARLES KEEPING

Frankenstein
by Mary Shelley
With an Introduction by Diane Johnson

It's alive…it's alive…Oh, God—IT'S ALIVE!
FRANKENSTEIN
complete
and
unabridged
MARY SHELLEY

FRANKENSTEIN
MARY WOLLSTONECRAFT SHELLEY

Cover Art by Dino Castrillo

BENOIT BECKER
LA TOUR DE FRANKENSTEIN
D'après le célèbre personnage de MARY SHELLEY : FRANKENSTEIN
M. Gourdon
ANGOISSE
Editions "FLEUVE NOIR"

Shelleys Roman hat zahllose Ableger hervorgebracht, inklusive *The Adult Version of Frankenstein* (1970), einer Sexfassung von Hal Kantor (UNTEN).

FRANKENSTEIN IM FILM

Als bekannt wurde, daß um die Jahrhundertwende ein Film mit dem Titel *Frankenstein's Trestle* produziert worden sei, hielt man ihn jahrelang für die erste filmische Umsetzung des Romans von Mary Shelley. Später stellte sich heraus, daß er nichts mit dem Ungeheuer aus Menschenhand zu tun hatte: Frankenstein ist nur der Name einer Ortschaft.

1910 drehte die Thomas Alva Edison Company den ersten Film, der den Titel *Frankenstein* trägt und zum Glück noch existiert. Vor vielen Jahren wurde er mir in Gesellschaft des Frankenstein-Experten Don Glut und des Autors Bill Warren *(Keep Watching the Skies!)* von einem Filmsammler vorgeführt. Er ist 16 Minuten lang, und das von Charles Ogle gespielte Ungeheuer gibt eine lächerliche Erscheinung ab. Trotzdem war es spannend, den fast 90 Jahre alten Streifen zu sehen. Als der Besitzer der Filmrolle ging, fuhr ihn einer meiner Freunde zu seinem Hotel und berichtete anschließend, in der Filmbüchse habe eine Pistole gelegen! Der Sammler hat sich im Laufe der Jahre wiederholt bemüht, die Academy of Motion Pictures dazu zu bewegen, den Film auf einer Oscar-Verleihung vorzuführen, doch bislang erfolglos.

Diese beiden Standbilder aus dem 16 Minuten langen *Frankenstein*-Film der Edison Company vermitteln einen Eindruck von der statischen Natur der Adaption. In beiden Szenen rauft sich das Ungeheuer (Charles Ogle) mit dem Arzt (gespielt von Augustus Fuller). Rechts kämpfen sie in Dr. Frankensteins Hochzeitssuite (die Braut liegt am Boden).

Einige Jahre später inszenierte der Regisseur Joseph W. Smiley einen Frankenstein-Film mit dem Titel *Life Without Soul* (1915). Das Ungeheuer spielte Percy Darrell Standing, ein Bruder des bekannteren Schauspielers Sir Guy Standing.

Es war jedoch die 1931 von James Whale inszenierte Fassung mit Boris Karloff, die den größten Eindruck auf die Kinogänger machte. Der Film, der 250 000 Dollar kostete, spielte über 25 Millionen Dollar ein – in den 30er Jahren ein stattliches Sümmchen. Pierces Monstermaske wurde von Universal als Warenzeichen eingetragen, weswegen sich die Universal-Frankensteins alle sehr gleichen und die Frankensteins anderer Produktionsgesellschaften anders aussehen müssen.

Die Geschichte wurde wiederholt verfilmt, und zwar nicht nur in der Frühzeit Hollywoods: Allein in den 70er Jahren, 40 Jahre nach Karloff, hatte das Publikum seinen Spaß an einer sehr erfolgreichen TV-Kurzserie (1973) mit Michael Sarrazin, erfreute sich an Mel Brooks' Ulkklassiker *Frankenstein Junior (Young Frankenstein*, 1974) und ließ sich von *Andy Warhols Frankenstein (Carne per Frankenstein,* 1973, in 3-D) erschrecken.

OBEN: **Eine Anzeige aus einer Fachzeitschrift, die das Vorhaben der Universal ankündigt, *Frankenstein* 1930 mit Bela Lugosi in der Rolle des Ungeheuers zu verfilmen.**

UNTEN: **Eine seltene Aufnahme des Regisseurs James Whale, der Boris Karloff in den Kulissen von *Frankenstein* (1931) abstaubt.**

Andy Warhols Frankenstein wurde wegen seines expliziten sexuellen Gehalts und seiner Blutrünstigkeit in den USA nur für Erwachsene freigegeben. Nach heutiger Norm kann der Film zwar noch Anstoß erregen, aber kaum noch schockieren.

In einer interessanten, nach dem Zweiten Weltkrieg spielenden Szene will der besessene Forscher, der schon einen weiblichen Zombie fertiggestellt hat, für ein perfektes männliches Gegenstück einen Kopf mit Hirn auftreiben. Zusammen, glaubt er, werden die beiden die perfekte serbische (lies: arische) Rasse hervorbringen. Um jemanden zu finden, der den Inbegriff des Männlichen verkörpert, legt er sich vor einem Bordell auf die Lauer. Zwei Männer kommen heraus: ein notorischer Freier (genau der Typ, den der Doktor sich ersehnt) und dessen kaum an Sex

Die „Schuld“ am enormen weltweiten Erfolg des Films *Frankenstein* wurde von Anfang an der Darstellung Boris Karloffs als Ungeheuer zugeschoben. Der Ex-Farmarbeiter und Lkw-Fahrer war 43 Jahre alt, als der Film entstand. Seine Darstellung war nuanciert und bewegend, der Film so gut aufgebaut, und die Handlungen des Ungeheuers waren so unvorhersehbar, daß er das Publikum einfach beeindrucken mußte. Man beachte, daß Karloff auf dem Plakat von 1931 (RECHTS) erst an vierter, doch 1941 (UNTEN) als einziger namentlich erwähnt wird.

CARL LAEMMLE present.
FRANKENSTEIN
THE MAN WHO
MADE A MONSTER
with
COLIN CLIVE, MAE CLARKE,
JOHN BOLES, BORIS KARLOFF,
DWIGHT FRYE, EDW. VAN SPAN & FEDERIC KERR
Based upon the
Mary Wollstonecraft Shelley Story
Adapted by John L. Balderston
from the play by Peggy Webling
IRECTED BY
AMES WHALE
A UNIVERSAL PICTURE
PRODUCED BY
CARL LAEMMLE, JR

Ich glaube, die *Frankenstein*-Fassung von 1931 ist nicht nur deswegen noch immer einer meiner Lieblingsfilme, weil er drei oft Hand in Hand gehende Genres vereint – Science-fiction, Horror und Fantasy –, sondern auch, weil er es so offen und ehrlich tut. In der Sequenz, in der das Ungeheuer von einem kleinen Mädchen etwas typisch Menschliches lernt, verbindet sich alles – es ist faszinierend, rührend und furchterregend zugleich.

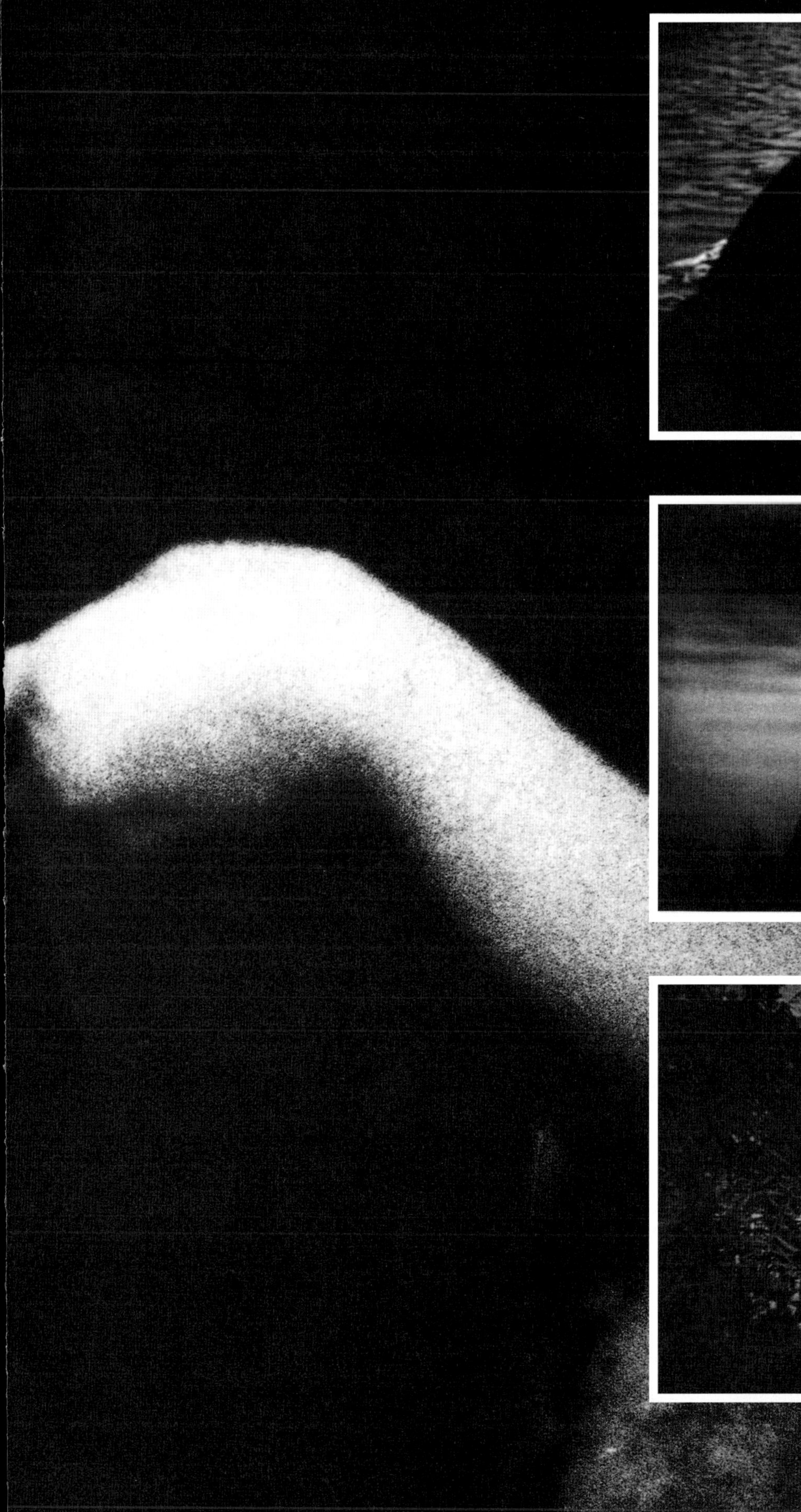

BORIS
Regia: ROWLAND V. LEE
JOSEPHINE HUTCHINSON

KARLOFF nel film:

Boris Karloff und James Whale wurden von der Universal überredet, eine Fortsetzung des Kassenschlagers *Frankenstein* zu drehen. Sie führten die Romanhandlung dahingehend weiter, daß Dr. Frankenstein seinem Geschöpf eine Braut erschafft: So entstand *Frankensteins Braut (Bride of Frankenstein*, 1935). Der gesamte Film führt zu der Szene hin, in dem die (von Elsa Lanchester gespielte) Braut ihrem Zukünftigen begegnet – um dann (OBEN LINKS) entsetzt aufzuschreien! Um 1968 herum begegnete ich Karloff (LINKS UNTEN): Er wurde mit Projekten, in denen Frankenstein-Charaktere vorkamen, regelrecht überschüttet. 1939 trat er in *Frankensteins Sohn (Son of Frankenstein)* auf, in dem der Charakter so nebensächlich ausfiel, daß viele Enttäuschung empfanden und er das Ungeheuer nie wieder spielte. Das Gefühl, daß die Frankenstein-Legende mißbraucht wurde, nahm bis weit in die 50er Jahre hinein zu. Ein „Gemäldebrief" des Künstlers Burt Shonberg (Los Angeles, 1957) stellt den Studios die rhetorische Frage, warum sie die Geschichte des Ungeheuers nicht erzählen, „wie sie wirklich passiert ist".

Copyright © Universal Pictures

BASIL RATHBONE

Distribuzione: CINE EDIZIONI BONANNO

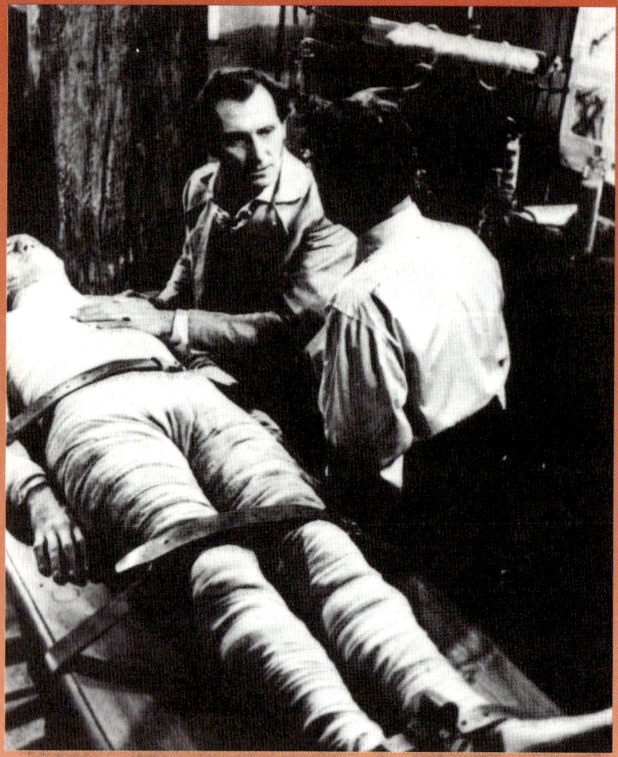

NEW AND GREATEST FRANKENSTEIN MONSTERPIECE!!
"THE REVENGE OF FRANKENSTEIN"
If you go alone ...you'll find yourself running all the way home!
WE DARE YOU TO SEE IT! WE DOUBLE-DARE YOU TO FORGET IT!
SUPER-NATURAL TECHNICOLOR
starring PETER CUSHING · EUNICE GAYSON · FRANCIS MATTHEWS · MICHAEL GWYNN
Written by JIMMY SANGSTER · Produced by ANTHONY HINDS · Directed by TERENCE FISHER · A HAMMER FILM PRODUCTION · A COLUMBIA PICTURE

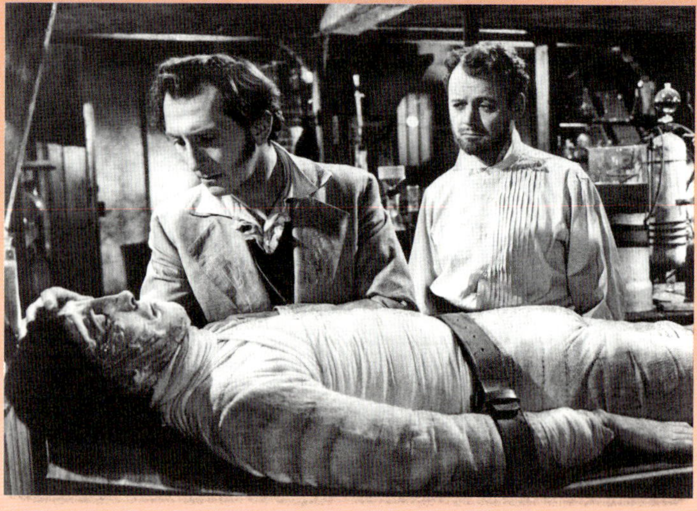

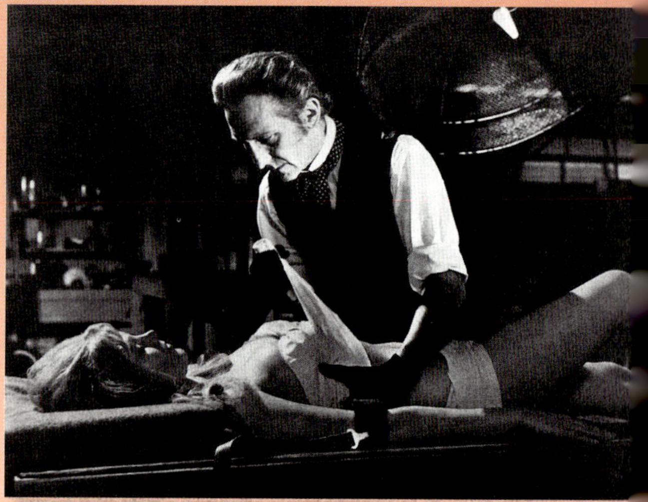

Wiederaufführungen des *Frankenstein*-Films von 1931 zeigten den Produzenten, daß die Story noch immer ein Kassenknüller war. In *Frankensteins Fluch (The Curse of Frankenstein*, 1957, LINKE SEITE, OBEN, MITTE, UNTEN) spielte erstmals Peter Cushing den Arzt (sowie in fünf weiteren Filmen). Er kam recht gut an, kreierte aber erst in *Frankenstein schuf ein Weib (Frankenstein Created Woman;* LINKS) ein Eins-a-Weib (das *Playboy*-Playmate Susan Denberg). Um nicht aus dem Feld geschlagen zu werden, trat Boris Karloff als Dr. Frankenstein in dem Film *Die Hexenküche des Dr. Rambow (Frankenstein 1970*, ein italienisches Poster, OBEN) auf. Auf die Spitze getrieben wurde die Sache 1973 in dem 3-D-Film *Andy Warhols Frankenstein (Carne per Frankenstein*, RECHTS).

FAMOUS MONSTERS OF FILMLAND
FAMOUS MONSTERS #56 JULY
2 IN 1 ISSUE!
ALL ABOUT BORIS KARLOFF
HIS LIFE IN PICTURES
COMMENTS ON HIS DEATH BY
CHRIS LEE
PETER LORRE
ELSA LANCHESTER
FORREST ACKERMAN
VINCENT PRICE
LON CHANEY
PLUS
"FRANKENSTEIN" COMPLETE WITH RARE PICTURES!!

#180
THE HORROR OF HALLOWEEN II
ON PAGE 12
FAMOUS MONSTERS
A WARREN MAGAZINE
JAN. 1982
$2.00
AMERICAN WEREWOLF IN LONDON INTERVIEWS!
LINDA BLAIR'S HELL NIGHT!
THE GRIM REAPER
YOU'RE ON HIS MENU!
THE MAD GHOUL!
SEE PAGE 44

FORREST J ACKERMAN,
FAMOUS MONSTER OF FILMLAND
$10.95
BEST BOOK EVER!
The Behind-the-Screams Story of Horrorwood's First Filmonster Magazine
Bloch...Chaneys...Elvira...
Karloff...King... Lorre...
Lugosi...Reed...Savini...
Tor... More!
SEE—
A SPECIAL ALUMNI FEARBOOK SECTION
SEE—
INSIDE THE ACKERMANSION
GRAVEYARD EXAMINER II
YOU AXED FOR IT AGAIN!
Introduction by
VINCENT PRICE
COLLECTOR'S EDITION

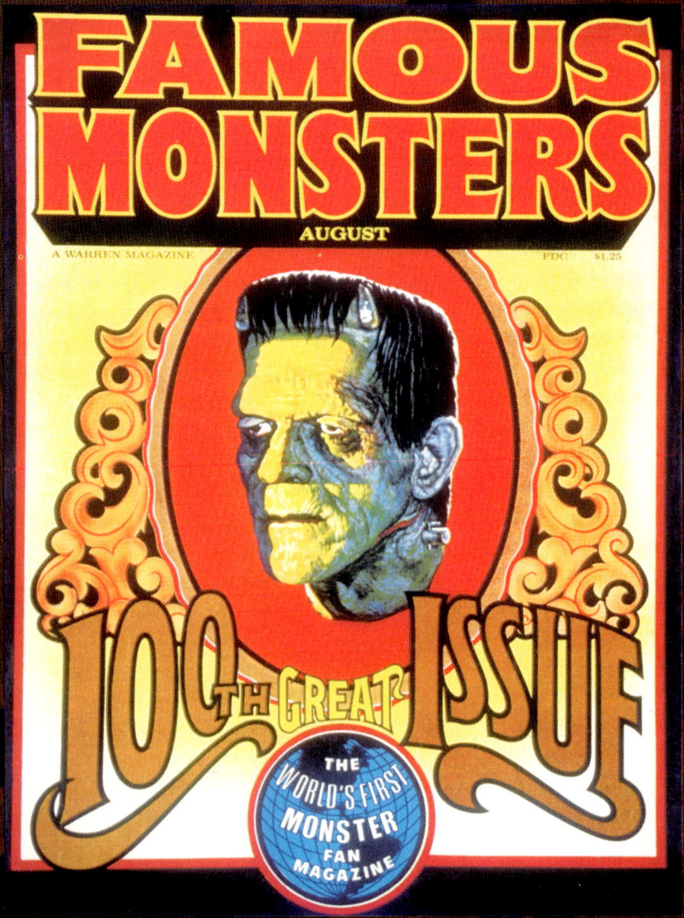
FAMOUS MONSTERS
AUGUST
A WARREN MAGAZINE
PDC
$1.25
100TH GREAT ISSUE
THE WORLD'S FIRST MONSTER FAN MAGAZINE

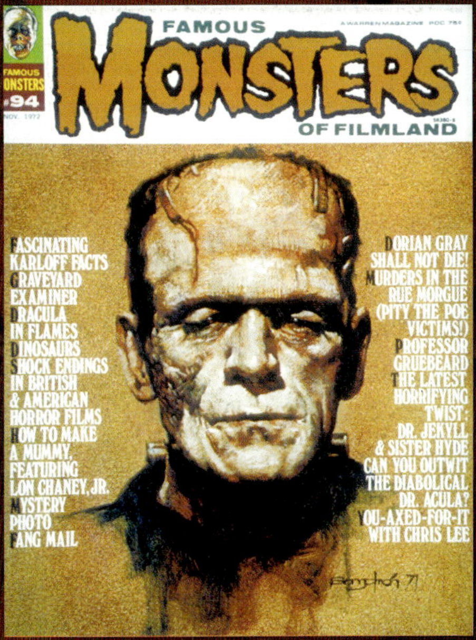

Die 60er Jahre waren die Blütezeit meiner Zeitschrift *Famous Monsters of Filmland.* Da die Jugend nicht genug von Monstern und Ghoulen kriegen konnte, überrascht es nicht, daß das berühmteste Ungeheuer aller Zeiten das Titelbild mehr als einmal zierte. In diesen Fällen stieg die Auflage ins Unermeßliche. Die Langlebigkeit von *Famous Monsters* ist eine Sache, doch die des Frankenstein-Monsters eine andere! James Warren war der weitsichtige Verleger.

Die Frankensteinmanie bekam in den 60er Jahren großen Auftrieb, als Universal beschloß, das Ungeheuer zum inoffiziellen Maskottchen von Führungen zu machen (was allen übergroßen Schauspielern, inkl. Richard Keil, Arbeit verschaffte, RECHTE SEITE, OBEN LINKS). Universal setzte Frankie als Mittelpunkt einer Maskenbildnershow (RECHTE SEITE, MITTE) ein und verkaufte „Monster"-Sammelkärtchen. Sie waren nicht das erste Produkt, das sich den Namen Frankenstein zunutze machte – und werden nicht das letzte sein.

12 FRANKENSTEIN
12

MONSTER
© 1964 by Universal Picture Co., Inc.

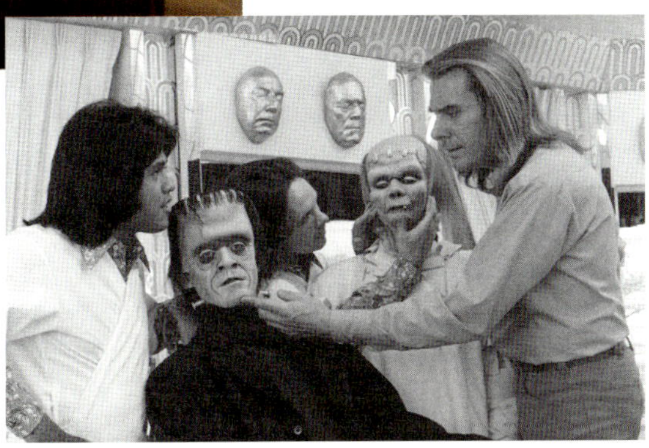

ACULA
MONSTER BALLS
FRANKENSTEIN
FRANKENFORRY
IS A MAN OF PARTS!

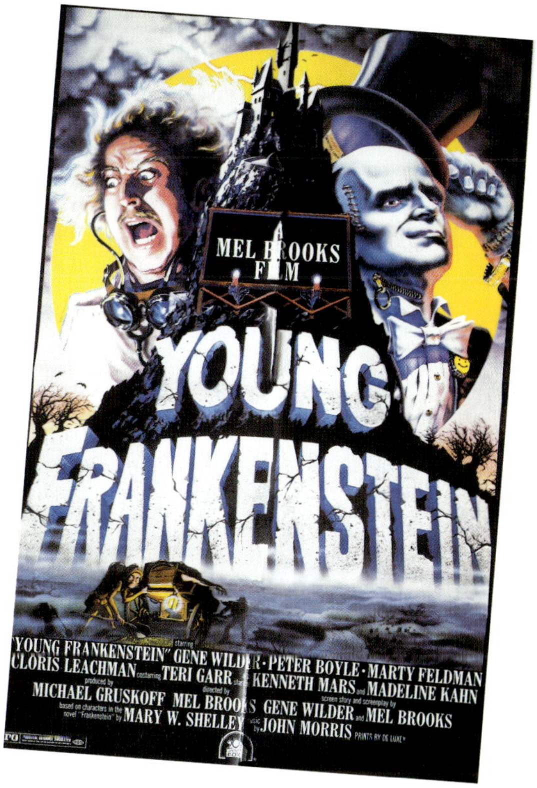

interessierter Freund, der Mönch werden will und nur mitgegangen ist, weil man Druck auf ihn ausübt. Der Arzt köpft den Falschen, so daß nicht nur das Experiment schiefgeht, sondern auch alles andere. Der Film ist zwar nicht jedermanns Geschmack, aber auch nicht völlig wertlos. Und er kommt ohne Reise in die Arktis aus.

Der jüngste Kassenflop, *Mary Shelley's Frankenstein* (1995), wurde von Hauptdarsteller Kenneth Branagh inszeniert und produziert (er spielt den Arzt, Robert De Niro das Ungeheuer).

Shelleys Geschichte hat einen weiten Weg zurückgelegt, viel weiter, als sie es sich hätte träumen lassen. Doch wer bezweifelt, daß neue wissenschaftliche Errungenschaften und politische Trends weitere Interpretationen hervorbringen werden? Ich wette, daß Autoren, Regisseure und Zuschauer auch in Zukunft interessiert bleiben. Ich hoffe aber auch, daß sie Karloff wiederentdecken und erkennen, in welch überragendem Film er seinerzeit mitgespielt hat.

Nach dem Abschluß seiner sehr erfolgreichen Westernparodie *Der wilde Wilde Westen (Blazing Saddles)* wollte Mel Brooks mit *Frankenstein Junior (Young Frankenstein)* als nächstes die Klischees der Frankenstein-Filme veralbern. Der Film, der Weihnachten 1974 startete, war ein urkomischer Riesenhit mit Gene Wilder (LINKE SEITE) **als Dr. Frankenstein (bzw. „Fronkenschtien"), Peter Boyle als Ungeheuer sowie Madeline Kahn** (RECHTE SEITE, OBEN, **mit Wilder). Außerdem mit von der Partie: Marty Feldman, Cloris Leachman, Teri Garr und Kenneth Mars.**

SEITEN 58/59: **Die *Frankenstein-Junior*-Darsteller** (VON LINKS NACH RECHTS)**: Marty Feldman, Cloris Leachman, Gene Wilder und Teri Garr.**

Nach der Inszenierung mehrerer erfolgreicher Filme durfte der britische Filmstar Kenneth Branagh (OBEN UND RECHTS, mit Helena Bonham Carter) 70 Millionen Dollar für seine Version von Mary Shelleys *Frankenstein* ausgeben. Trotz (oder vielleicht wegen) mehrerer wirklich schockierender und grauenerregender Momente (inklusive des radikalen Herangehens an das Aussehen des von Robert De Niro gespielten Ungeheuers, RECHTE SEITE) fiel der Film beim Publikum und bei mir durch.

AUSTIN

2. KAPITEL

PROPHETEN UND PIONIERE

Wichtige Science-fiction-Autoren

Der französische Regisseur Georges Méliès nahm uns 1902 mit auf *Die Reise zum Mond (Le Voyage dans la Lune).* 1995 lieferte der US-Regisseur Ron Howard den Film *Apollo 13 (Apollo 13).* Méliès' Film war Science-fiction; Howards Film war Geschichte. Darin liegt die Schönheit der Science-fiction: Sie handelt von Dingen, die mit dem Wort „Angenommen …" beginnen und die Phantasie von Kindern und Erwachsenen anregen. Sie handelt von Illusionen und Möglichkeiten, aber auch von Alpträumen und Warnungen.

Um es mit den Worten John Clutes zu sagen, des Autors des Buches *Science-fiction – Die illustrierte Enzyklopädie:* „Zu den närrischsten Vorwürfen, die man der Science-fiction gemacht hat, zählt der, daß es ihr nicht gelinge, die Zukunft zu prophezeien. Aber die Science-fiction ist nun mal keine illustrierende Futurologie; sie ist nur dazu da, ihre Leser auf die Zukunft vorzubereiten." Deswegen wäre es unfair zu sagen, dieser oder jener Science-fiction-Autor sei nicht groß, weil er nichts vorhersagt, denn das Genre wimmelt von wundersamen, verblüffenden, phantasievollen Geschichten über fremde Planeten und Zeiten sowie von nie gesehenen Pflanzen, Insekten und Säugetieren. Doch ist die Kraft der Vorausschau – Hellsichtigkeit – in der Welt der Science-fiction ein alter Hut, und viele große Science-fiction-Autoren könnte man durchaus als großartige Erfinder sehen, wenn auch nur auf dem Papier. Zu ihnen gehören Jules Verne, H. G. Wells, Hugo Gernsback, Curt Siodmak, Robert A. Heinlein, Aldous Huxley und George Orwell.

Damit setze ich die Beiträge anderer Science-fiction-Pioniere nicht herab. Isaac Asimovs *Drei Gesetze der Robotik* (s. S. 67) sind vielleicht keine Vorausschau, haben aber alle wichtigen Roboterstories und das Interesse der Leser und Redakteure an diesem Thema beeinflußt. Harlan Ellisons Einsatz von Gossenjargon hat breitere Leserschichten angesprochen, ohne preiswürdige Normen aufzugeben. Einige Autoren – Keller, Kuttner, Moore und Septama – sind hier erwähnt, weil sie im Lauf der Jahrzehnte arg vernachlässigt wurden. Zwar wurden ihre Geschichten nicht zu Hollywood-Kinohits verarbeitet, aber sie waren Künstler mit Papier, Federhalter und Phantasie und hatten zu ihrer Zeit zahlreiche Anhänger.

Ein Porträt von H. G. Wells, von Neil Austin für *Famous Fantastic Mysteries.*

BRIAN W. ALDISS

*1925

Seit seinem Romandebüt *Die unendliche Reise* (1958) hat Aldiss etwa 30 Romane über so viele Themen verfaßt, daß er eine Klasse für sich ist – auch wenn sein Name kein solcher Publikumsmagnet ist wie der von Ray Bradbury oder Arthur C. Clarke.

Die unendliche Reise erzählt von einem Raumschiff, das von phantastischen Mutationen bevölkert wird. *Es brennt ein Licht* (1961) thematisiert die Grundlagen der sexuellen Anziehungskraft. *Am Vorabend der Ewigkeit* (1962) beschreibt eine sich aufblähende Sonne und eine von Intoleranz beherrschte Erde. *Kryptozoikum* (1967) ist ein Zeitreiseroman. *Barfuß im Kopf* (1969) beschreibt die von LSD überschwemmte Zivilisation eines Nachkriegseuropa. Die aus *Helliconia: Frühling* (1982), *Helliconia: Sommer* (1983) und *Helliconia: Winter* (1985) bestehende Trilogie ist eine Zukunftshistorie und handelt von einem Planeten mit zwei konkurrierenden intelligenten Völkern, deren Evolution von Erdlingen überwacht wird.

Aldiss hat zudem viele Kurzgeschichten geschrieben, die u. a. in *Der unmögliche Stern* (1965) zusammengefaßt sind.

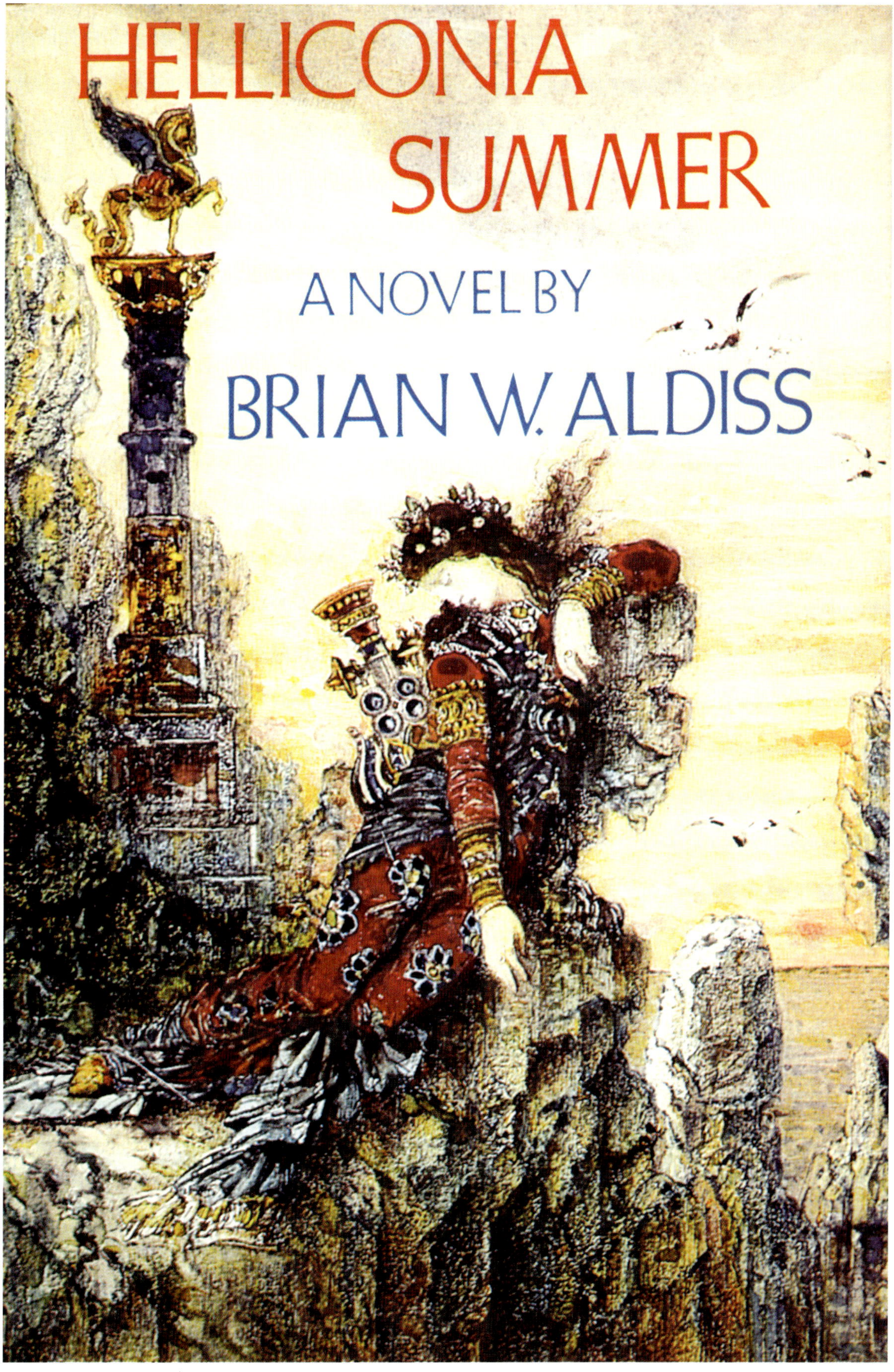
HELLICONIA
SUMMER
A NOVEL BY
BRIAN W. ALDISS

ISAAC ASIMOV

1920–1992

1939 veröffentlichte *Amazing Stories* Asimovs *Gefangene des Alls*, und die Welt sah plötzlich anders aus. Über fünf Jahrzehnte hinweg erwies Asimov sich als fleißigster Autor des 20. Jahrhunderts: Er publizierte nahezu 500 Bücher – Romane, Kurzgeschichtensammlungen, Kinderbücher, Essays, Autobiographien. Naturwissenschaft war

sein Lebensinhalt, Science-fiction seine Leidenschaft. Wie viele andere Mitarbeiter der Pulp-Magazine begann auch er als Fan.

Die Erzählung *Einbruch der Nacht* (1941) ist möglicherweise seine bekannteste. Sie handelt von den Bewohnern eines permanent sonnenbeschienenen Planeten, die dem kollektiven Wahnsinn verfallen, als nach 2000 Jahren eine Sonnenfinsternis zum ersten Mal die Dunkelheit bringt.

Asimov ist der Meister im Beschreiben von Robotern: Der Roman *Ich, der Robot* (1950) machte ihn in breiten Kreisen bekannt, was vielen Pulp-Kollegen nicht vergönnt war. Zusammen mit John W. Campbell jr., der von 1937–1971 das Science-fiction-Magazin *Astounding Stories* (später: *Astounding Science Fiction* bzw. *Analog Science Fiction – Science Fact)* herausgab, formulierte er die „Drei Gesetze der Robotik“:

1. **Ein Roboter darf kein menschliches Lebewesen verletzen oder durch Untätigkeit zulassen, daß einem menschlichen Lebewesen Schaden zugefügt wird.**
2. **Ein Roboter muß den ihm von Menschen gegebenen Befehlen gehorchen, es sei denn, ein solcher Befehl würde mit Regel 1 kollidieren.**
3. **Ein Roboter muß seine eigene Existenz schützen, solange diese Handlungsweise nicht mit Regel 1 oder 2 kollidiert.**

Die Gesetze wurden für alle Autoren von Robotergeschichten zur Herausforderung. Zwar konnte man niemanden zwingen, sie zu übernehmen, aber am Ende ließen die Leser und Redakteure jene, die es nicht taten, im Regen stehen.

Asimovs *Foundation*-Trilogie – *Der Tausendjahresplan* (1950), *Der galaktische General* (1952) und *Alle Wege führen nach Trantor* (1953) – ist auch nach 50 Jahren bei den Science-fiction-Fans populär; sie hält ihren Platz als beliebtestes Werk, das das Genre je hervorgebracht hat. Wo andere in diesem Zeitraum geschriebene Zukunftserzählungen eher Begegnungen mit außerirdischem Leben schilderten, konzentrierte sich Asimov allein auf die menschliche Zivilisation. Die Trilogie ist eine allegorische Vision vom Aufstieg und Untergang des Römischen Reiches, und man kann mit Fug und Recht behaupten, daß die Leser sie schätzen, weil sie zur geistig anregendsten Science-fiction-Literatur aller Zeiten gehört.

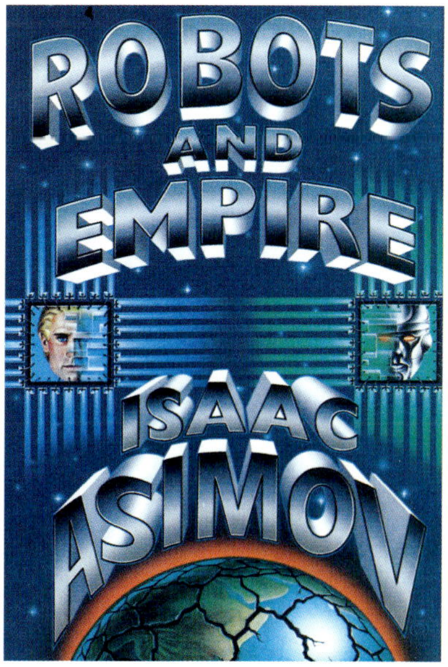

Asimov hat als Chemiker in der Forschung gearbeitet, war aber auch als Dozent, Anthologieherausgeber und in anderen Bereichen tätig. Seine Sachbücher beschäftigen sich mit Genetik, Biochemie, Technik, Physik, Astronomie und Mythen – er hatte Fähigkeiten auf allen Gebieten. Es war seine umfassende Bildung, die seine Science-fiction von denen anderer Pulp-Fans unterschied, die später Autoren wurden.

RAY BRADBURY

***1920**

Bradbury ist ein erstaunlicher Autor, auch wenn viele seiner Werke den Rahmen der Science-fiction sprengen und manche Leute behaupten, seine wahre Stärke liege in der Phantastik. Zwei seiner beständigsten Titel – *Die Mars-Chroniken* (1950) und *Fahrenheit 451* (1953) – sind jedoch eindeutige Meilensteine der Science-fiction.

Das erste Buch ist eine Sammlung von Kurzgeschichten, die in den 40er Jahren entstanden: Obwohl Bradburys Werk durchaus bedrohliche Marsianer kennt, hat er auch Charaktere (sogar ganze Familien) erschaffen, deren marsianische Existenz der irdischen ähnelt. Einige der Geschichten handeln aber weniger von Marsianern, sondern mehr von den ersten menschlichen Siedlern auf ihrem Planeten.

Im zweiten Buch geht es um ein totalitäres Regime, das die USA beherrscht und sämtliche Werke der Weltliteratur verbrennen läßt, da ihre Ideen, Möglichkeiten und Lösungen das politische Klima bedrohen. Der Held der Geschichte lehnt sich auf und bietet sich an, die großen Werke der Literatur für die Menschheit auswendig zu lernen.

Bradburys Kurzgeschichte *Das Nebelhorn* wurde zur Vorlage für den Film *Panik in New York (The Beast from 20 000 Fathoms*, 1953); er war das erste Projekt des Trickgenies Ray Harryhausen. *The Meteor* wurde zu dem Film *Gefahr aus dem Weltall (It Came from Outer Space*, 1953), zu dem Bradbury und David Schwartz auch ein Drehbuch schrieben. Seine wichtigste Hollywood-Filmarbeit war gewiß das Drehbuch für das (nicht zur Science-fiction zählende) Epos *Moby Dick (Moby Dick,* 1956), für das er und sein Koautor John Huston mit einem Oscar ausgezeichnet wurden.

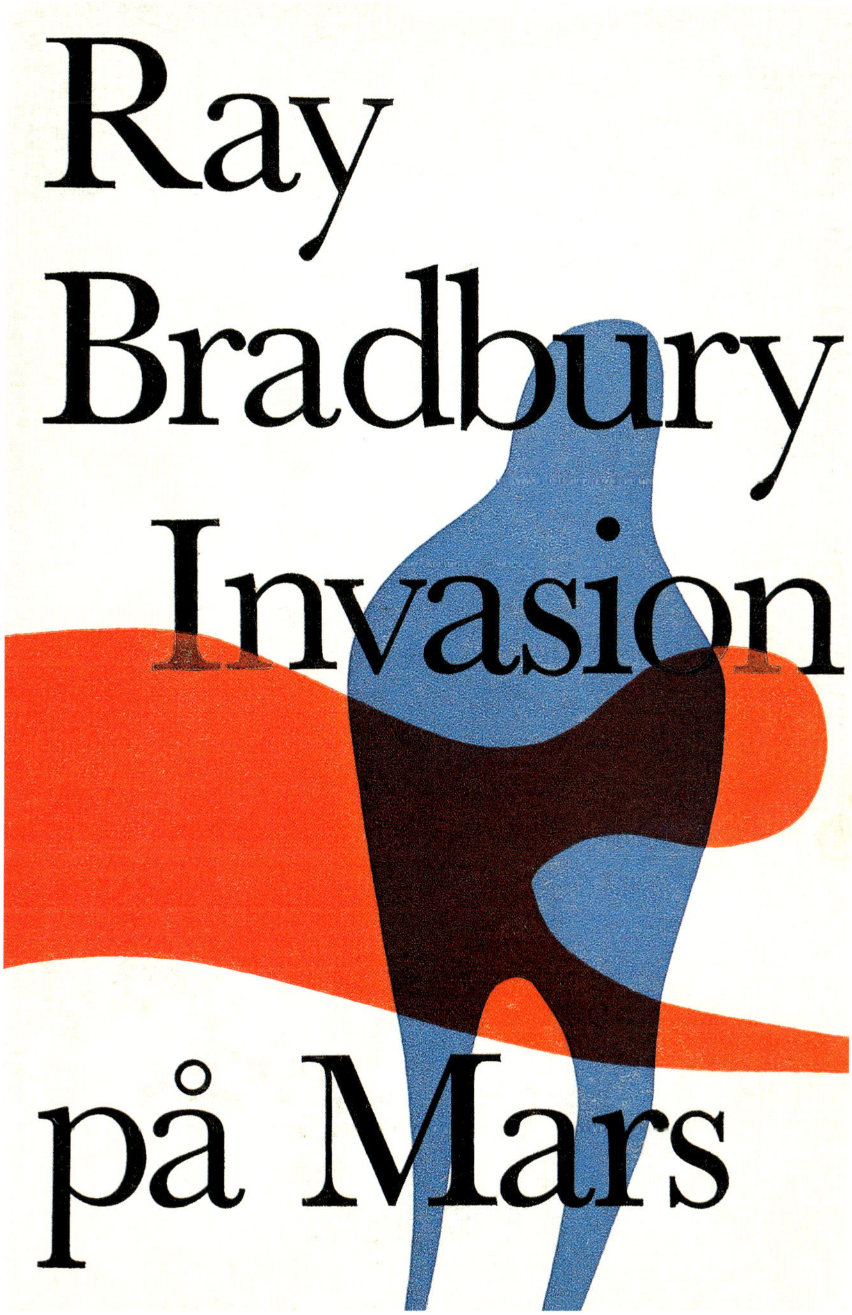
Ray
Bradbury
Invasion
på Mars

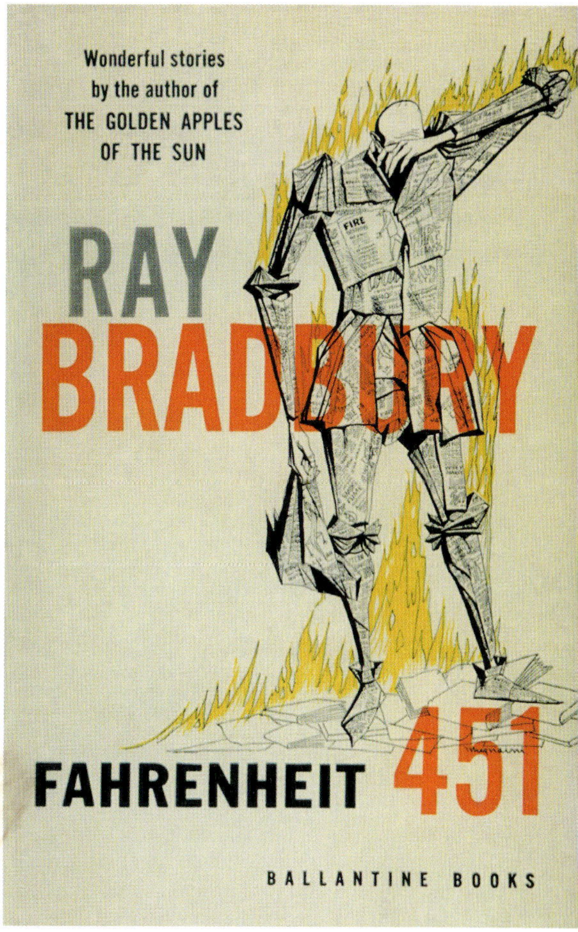
Wonderful stories
by the author of
THE GOLDEN APPLES
OF THE SUN
RAY
BRADBURY
FAHRENHEIT 451
BALLANTINE BOOKS

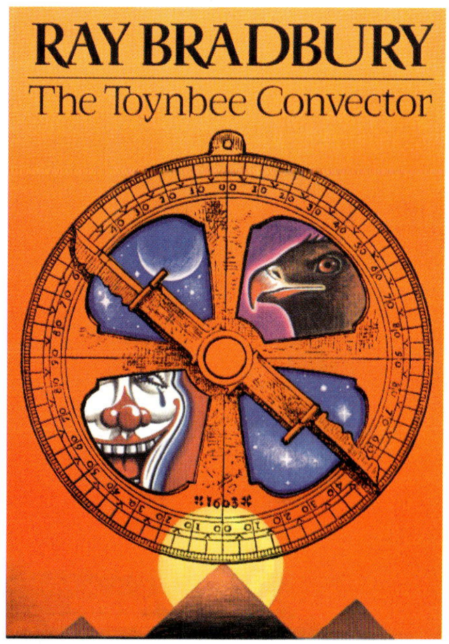
RAY BRADBURY
The Toynbee Convector

EDGAR RICE BURROUGHS

1875–1950

Als sein erster Roman 1912 im Magazin *All-Story* gedruckt wurde, hieß er *Under the Moons of Mars.* Heute kennt man ihn als *Eine Marsprinzessin.* Burroughs hielt den Roman für so bizarr, daß er befürchtete, seine Familie könne davon erfahren, weswegen er sich das zweideutige Pseudonym Normal Bean zulegte. 1912 bedeutete „bean“ soviel wie „Birne“; der Autor wollte damit sagen, in seinem Kopf sei alles in Ordnung. Sein Lektor jedoch hielt „Normal“ offenbar *nicht* für einen normalen Vornamen und änderte ihn um in Norman. Die witzige Anspielung ging so verloren.

1927 wagte Hugo Gernsback ein Experiment: Er publizierte *Amazing Stories Annual,* das doppelt so dick und doppelt so teuer war wie seine Zeitschrift *Amazing Stories.* Um neue Leser anzuziehen, offerierte er ihnen in der Nr. 1 einen nagelneuen „Barsoom“-Roman – von Edgar Rice Burroughs: *The Master Mind of Mars.*

Burroughs ist besser als der Schöpfer des legendären Tarzan („Weißhaut“ in der Sprache der Menschenaffen, die ihn aufgezogen haben) bekannt. Der Ort Tarzana in Kalifornien wurde nach seinem Helden benannt. Bevor Burroughs' schriftstellerische Laufbahn endete, hatte er weltweit Millionen von Lesern zum Mars (Barsoom), zur Venus (Amtor), zum Mittelpunkt der Erde (Pellucidar), zum

Mond, ins von der Zeit vergessene Land – *The Land That Time Forgot* (1924) – und nach Atlantis versetzt. Burroughs gehört zu den wenigen Autoren, deren Werke ins Esperanto übersetzt wurden; *La Princino de Marso* von Edgaro Rajs Buroz ist jedoch weit bekannter unter dem Titel *Eine Marsprinzessin.*

1975 erschien Porges' Biographie unter dem Titel *Edgar Rice Burroughs, The Man Who Created Tarzan:* eine dicke, fabelhafte, kenntnisreiche Schwarte von 819 Seiten Umfang. Laut Porges sagte Burroughs kurz vor seinem Tod: „Wenn es ein Leben im Jenseits gibt, möchte ich durch den Weltraum reisen, um andere Planeten zu besuchen."

Im Zweiten Weltkrieg schrieb Cleve Cartmill so realistisch über die bevorstehende Entwicklung der Atomkraft *(In letzter Sekunde, Astounding Science Fiction,* März 1944), daß John W. Campbell jr., der Redakteur der Zeitschrift, Besuch von einem Beamten des militärischen Geheimdienstes erhielt. Die US-Regierung vermutete eine undichte Stelle, da die Einzelheiten in Cartmills erfundener Geschichte der Realität zu nahe kamen. Der Autor versicherte, es handele sich lediglich um wissenschaftliche Spekulationen. Das Militär hätte weitere Geschichten zu diesem Thema am liebsten verboten: Man befürchtete, sie könnten dem deutschen Feind womöglich Informationen liefern. Aber Campbell konnte das Militär klugerweise davon überzeugen, daß das plötzliche Ausbleiben von Geschichten über Atomkraft viel verdächtiger sei, da sie in *Astounding* schon seit mehreren Jahren eine wichtige Rolle spielten.

JOHN W. CAMPBELL JR.

1910–1971

In den über 30 Jahren, in denen Campbell *Astounding Stories* leitete (ab 1938 *Astounding Science Fiction,* ab 1960 *Analog Science Fiction – Science Fact),* gewann sein Blatt sieben Hugo Awards als bestes Science-fiction-Magazin. Man sagt ihm oft nach, er habe das Genre als Ganzes gerettet: durch die Entdeckung und Präsentation ausgezeichneter Autoren wie Isaac Asimov, Robert A. Heinlein, Clifford D. Simak, Theodore Sturgeon und A. E. van Vogt.

Während seiner Studienzeit am Massachusetts Institute of Technology verkaufte Campbell als junger Bursche seine erste Story, *When The Atoms Failed*, in *Amazing Stories*, wo sie 1930 erschien. Unter dem Pseudonym Don A. Stuart publizierte er in den 30er Jahren viele bedeutende Stories. Einen seiner vielen Höhepunkte erreichte er 1938 mit der Erzählung *Das Ding aus einer anderen Welt*, die Millionen als Howard Hawks' Filmklassiker *Das Ding aus einer anderen Welt (The Thing*, 1951) kennen. John Carpenter verfilmte sie 1982 neu; auch die frühe Episode „Eis" aus der TV-Serie *Akte X* kam dem Thema bemerkenswert nahe.

Nachdem Campbell sich von Kurzgeschichten und Novellen zu Romanen „hochgeschrieben" hatte, wurde er mit Werken wie *Das unglaubliche System* (1947), *Der unglaubliche Planet* (1949) und *Kosmische Kreuzfahrt* (1956) als E. E. Smiths Rivale im Bereich der Space opera bekannt. Außerdem half er Isaac Asimov bei der Formulierung der „Drei Gesetze der Robotik".

Campbell war 1947 Ehrengast beim 5. Science-fiction-Weltkongreß in Philadelphia, beim 12. (1954) in San Francisco und beim 15. (1957) in London. Sein Name ist vielleicht nicht so bekannt wie der Vernes oder Bradburys, aber er hat das Goldene Zeitalter der Science-fiction entscheidend mitgestaltet.

ARTHUR C. CLARKE

*1917

Clarke hat aus seinen technischen Spekulationen einen Beruf gemacht. Schon 1945 prophezeite er in dem Artikel *Extra-Terrestrial Relay* in der Zeitschrift *Wireless World* geosynchrone Kommunikationssatelliten. Er ist ein fähiger Physiker und Mathematiker und hat in Zeitschriften von *Electronic Engineering* bis *Playboy* Hunderte von wissenschaftlichen Aufsätzen veröffentlicht. Auch er hatte unter den Pulp-Fans der 40er und 50er Jahre viele Anhänger, doch den größten Eindruck machte er zweifellos mit *2001: Odyssee im Weltraum (2001: A Space Odyssey*, 1968). Das Filmdrehbuch schrieb er gemeinsam mit dem Regisseur Stanley Kubrick; die Romanfassung erschien im selben Jahr unter gleichem Titel.

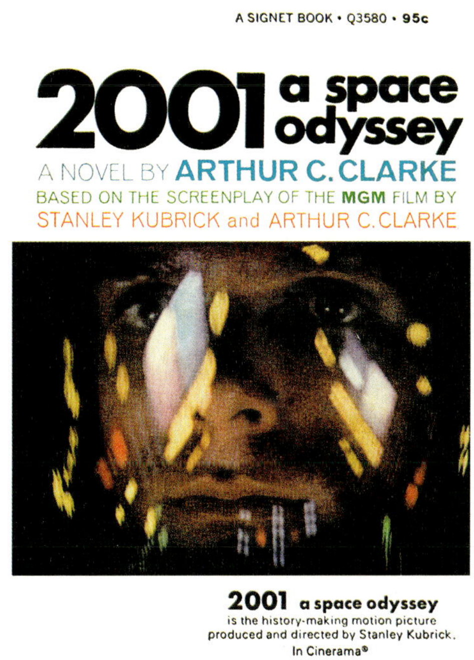

Ein zentrales Thema in *2001* ist die fragwürdige Praxis der Erschaffung künstlicher Intelligenz. Der von Menschenhand gebaute Computer HAL, der sämtliche Funktionen eines Raumschiffs steuert, ist möglicherweise der schaurigste Filmcharakter, der nicht von einem Menschen gespielt wurde. (Eine Episode der TV-Serie *Akte X* griff das Thema Anfang der 90er Jahre erneut auf.) Ein anderes Leitmotiv bei Clarke ist die spirituelle Erleuchtung des Menschen angesichts der Not. Wie sieht das Schicksal des einzigen überlebenden Astronauten aus? Und ist seine einzigartige Erfahrung, die ihn über alle anderen hinaushebt, die Sache wert? Clarkes Lieblingsstory *Schicksal im Sand* (1972) basiert auf der gleichen Prämisse: Ein auf dem Mars sterbender Astronaut zeichnet das erste Bild der sich vor der Sonne drehenden Erde auf; trotz seines versagenden Lebenserhaltungssystems erkennt er, daß dies ein großer Augenblick für die Menschheit ist.

Clarke hat seit Anfang der 50er Jahre etwa zwei Dutzend Romane publiziert, außerdem Kurzgeschichtensammlungen, Autobiographien, zahlreiche Sachbücher und Anthologien. *Der Stern*

wurde 1956 als beste Kurzgeschichte mit dem Hugo Award ausgezeichnet. 1962 erhielt sein Sachbuch *Interplanetary Flight: An Introduction to Astronautics* den UNESCO Award. *Rendezvous mit 31/439* (1973) erhielt den Campbell-, den Hugo-, den Jupiter- und Nebula Award, eine Ehre, die noch keinem anderen Werk zuteil wurde. Clarke schrieb auch zwei *2001*-Fortsetzungen: *Odyssee 2010: Das Jahr, in dem wir Kontakt aufnehmen* (1982) und *2061: Odyssee III* (1988).

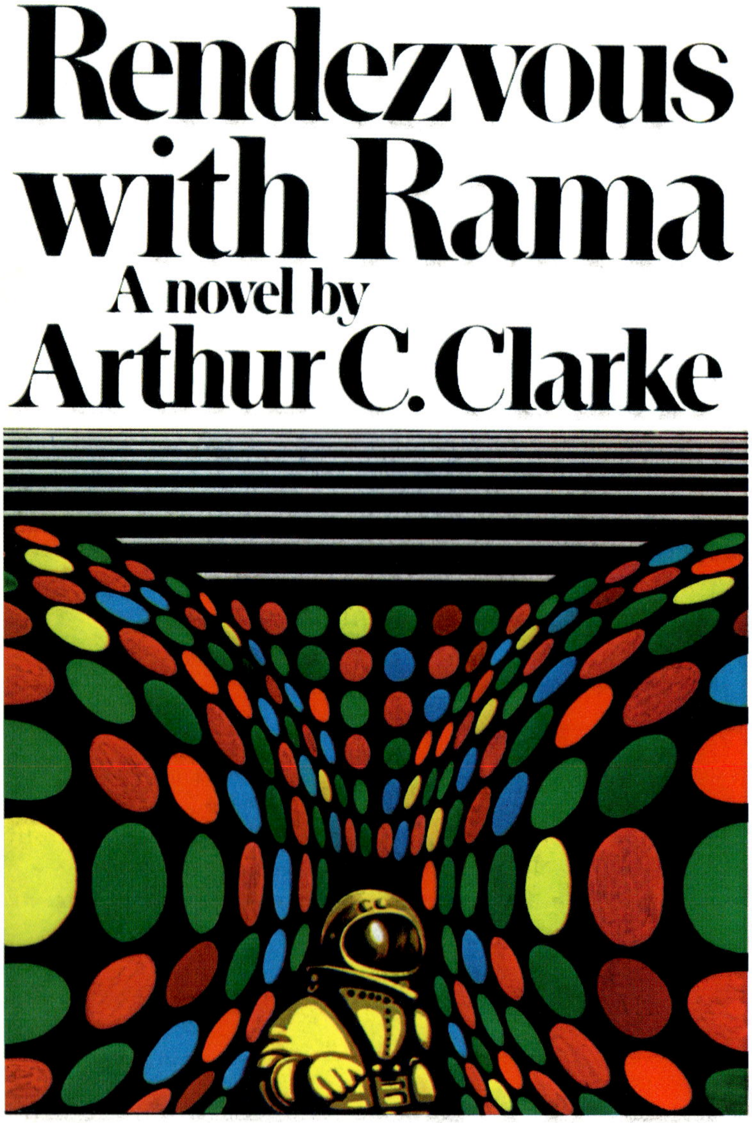

STANTON A. COBLENTZ

1896–1982

Neben seinen Leistungen als Lyriker war Coblentz ein anerkannter Science-fiction-Autor, dessen Stärke die politische Satire war. Er war von Anfang an Mitarbeiter der Pulps. Zu seinen ersten Versuchen gehört der Klassiker *The Sunken World* (1928), in dem moderne U-Boote ein Paradies der Atlanter entdecken und schließlich vernichten.

Zu seinen anderen wichtigen Frühwerken zählen *After 12 000 Years* (1929), *In Caverns Below* (1935) und *Into Plutonian Depths* (1931). *Moon People* (1964) behandelt das Thema Rassentrennung. Sein letzter Roman war *The Island People* (1971).

Coblentz war ein großer Humanist. Als er starb, hinterließ er sämtliche zukünftigen Tantiemen seines Werkes einem Institut für blinde Kinder in New York City.

SIR ARTHUR CONAN DOYLE

1859–1930

Bekannt wurde der schottische Arzt vor allem durch seine Sherlock-Holmes-Detektivgeschichten, die er von 1887 bis 1927 schrieb. Er verfaßte jedoch auch den Roman *Die verlorene Welt* (1912), in dem die moderne Welt auf die Prähistorie stößt. Dieser Klassiker wurde dreimal verfilmt: 1925 mit Wallace Beery als Professor Challenger, 1960 mit Claude Rains und 1992 mit John Rhys-Davies. Abgesehen von den Dinosauriern hat der Roman mit Steven Spielbergs Kinohit *Vergessene Welt: Jurassic Park (The Lost World: Jurassic Park*, 1997) nichts zu tun.

Außerdem schrieb Doyle einige weitere Professor-Challenger-Klassiker, z. B. die witzige Story *Als die Erde schrie* und den todernsten Roman *Im Giftstrom*. Seine Kurzgeschichte *Ein Experiment des Großen Baumgarten* ist in vielen Anthologien enthalten. Seine letzte Veröffentlichung war die Atlantis-Erzählung *Die Maracot-Tiefe* (1929).

HARLAN ELLISON

*1934

Ellison besteht darauf, daß er spekulative Literatur schreibt, die er „Spec-fic“ nennt. Er verfolgt das Kürzel „Sci-fi“, das ich vor über vier Jahrzehnten prägte, mit wütendem Haß und wünscht mich ins Grab – je eher, desto besser. So hat er es in einem offenen Brief geschrieben. Trotzdem hat er mehr Science-fiction-Preise erhalten als jeder andere Autor in der Sci fi/Spec-fic-Szene. Seine bekanntesten Werke, deren Titel die originellsten in der Geschichte des Genres sind, heißen *‚Bereue, Harlekin!‘ sagte der Ticktackmann*, für den er 1966 den Hugo Award bekam, und *Ich muß schreien und habe keinen Mund. The Demon with the Glass Hand* (eine Episode der Serie *Outer Limits)* ist sein TV-Klassiker.

Ellison ist bekannt dafür, daß er den Gossenjargon ins Genre eingeführt hat, was ihm Verleumder und Anhänger gleichermaßen eintrug. Man könnte es so ausdrücken, daß er „ein schmutziges Mundwerk hat, das er einfach nicht halten kann“ – auch nicht vor Publikum, das sich über seine Auswürfe jedoch amüsiert. Früher haben sich die Fans vor Lachen gekringelt, wenn er mit seinem alten Freund Isaac Asimov öffentlich Beleidigungen austauschte.

Als Herausgeber hat er die bahnbrechende Anthologie *Gefährliche Visionen* (1967) auf den Markt gebracht, in der er ohne jeglichen Zensurvorbehalt 33 Stories von bekannten Autoren veröffentlichte: unter anderem *Ein Spielzeug für Juliette* von Robert Bloch; *Würfelspiele* von Fritz Leiber; *Mein Sohn Randy* von Joe L. Hensley; *Sex and/or Mr. Morrison* von Carol Emshwiller; *Die Ausgestoßenen* von Theodore Sturgeon und *Raumfahrer* von Samuel R. Delany. (Ein zweiter Band erschien 1972: *Again, Dangerous Visions.)* Eine seiner Kurzgeschichtensammlungen heißt *Love Ain't Nothing But Sex Misspelled* (1968).

Eine von Ellisons Heldentaten, die ihm noch kein Autor nachgemacht hat, besteht darin, in Schaufenstern von Buchhandlungen zu sitzen und aus dem Stegreif 20 Manuskriptseiten lange Stories zu verfassen.

HUGO GERNSBACK

1884–1967

Hugo Gernsback war in Sachen Phantasie wahrscheinlich die Nummer eins, denn er hat die meisten heute realisierten Erfindungen vorausgesehen. Curt Siodmak kommt gleich nach ihm. Man kennt Gernsback wahrscheinlich am ehesten als Namenspatron für den alljährlich auf dem Science-fiction-Weltkongreß verliehenen Hugo Award und als Zeitschriftenverleger, der 1926 *Amazing Stories* gründete. Er war allerdings auch ein talentierter Erfinder, der rund 80 Patente hielt, sowie Autor zweier bedeutender Science-fiction-Romane.

Im April 1911 begann er in seiner Zeitschrift *Modern Electrics,* der ersten Rundfunkzeitschrift überhaupt, mit dem Abdruck seines Fortsetzungsromans *Ralph 124C 41+* (= „one to foresee for one" – „einer, der für uns die Zukunft schaut"), einer Romanze aus dem Jahr 2660. Der Umschlag zeigte Ralph, einen der zehn größten Wissenschaftler seines Jahrhunderts, an einem „Telephot", einem Bildtelefon, das inzwischen kurz vor der Einführung steht. (Der erste technische Aufsatz, in dem das Wort *Television* vorkam, wurde im Dezember 1909 in der gleichen Zeitschrift publiziert!)

Gernsbacks Erzählung regte die Phantasie von Forschern und Bastlern an. Sie erschufen den Mikrofilm, den man auf die Leinwand projizieren kann, und druckten Nachrichten elektrolytisch, d. h. ohne Druckfarbe.

In der sogenannten „Muzak" haben wir längst „Musik aus der Dose" – in Restaurants, Lokalen und Aufzügen.

Sein Menograph (Gedankenaufzeichner) war der Vater des modernen Lügendetektors. Sein Aktinoskop: Radar. Kunstseide und -wolle: Rayon und Nylon. „Glas"-Möbel: Kunststoffe. Luminor: Leuchtstoffröhren.

Abendliche Sportveranstaltungen bei Flutlicht, Postzustellung per Hubschrauber, Versprühen von Flüssigdünger als Ernte-beschleuniger, Diathermie in der Landwirtschaft ... Gernsback dachte sich sogar die Blutwäsche zur Reinigung und Erneuerung des menschlichen Körpers aus – heutzutage ein ganz normales medizinisches Verfahren.

Lange vor 2660 werden wir die den Globus umkreisende Gernsbacksche Satellitenstadt haben.

Der Science-fiction-Pionier und Autor Fletcher Pratt faßte Gernsbacks wissenschaftlich-fiktive Beiträge zur naturwissenschaftlichen Realität so zusammen: „Mr. Gernsbacks fundierte Phantasie, die dem normalen menschlichen Geist auf Erden so weit vorausgeeilt ist, wird uns irgendwann auch zu den Sternen führen."

Es gab sogar eine russische Ausgabe von Gernsbacks Roman *Ralph 124C 41+*. Aber ob man das mit dem, „der die Zukunft schaut", verstanden hat?

ROBERT A. HEINLEIN

1907–1988

In den 40er Jahren publizierte Heinlein in John W. Campbells *Astounding Science Fiction* 30 Stories und drei Romane. In den 50er Jahren mischte er überall auf dem Markt mit. Allein in diesem Jahrzehnt schrieb er über 20 Bücher und festigte seine Stellung als einer der meistgelesenen Genre-Autoren. Zu seinen Werken gehören *Weltraummollusken erobern die Erde* (1951; über Parasiten aus dem All), *Sternenkrieger* (1959; eins seiner vielen Jugendbücher, 1960 als bester Roman mit dem Hugo Award ausgezeichnet), *Ein Mann in einer fremden Welt* (1961; Themen: sexuelle Freiheit, religiöse Kulte sowie Erde-Mars-Beziehungen; Hugo 1962 als bester Roman), *Revolte auf Luna* (1966; über die Rebellion von Mondkolonisten mittels Computerunterstützung; Hugo 1967 als bester Roman) und *Die Leben des Lazarus Long* (1973; eine Fortsetzung von *Die Ausgestoßenen der Erde* [1958]). Heinlein war Ehrengast auf drei Science-fiction-Welt-Kongressen – und der einzige, der je ausgebuht wurde, da er den Krieg als „menschenveredelnde Notwendigkeit" pries.

In dem Kurzroman *Die Zeit der Hexenmeister (Waldo*, 1942) beschrieb er den „synchronen Doppelpantographen", der es erlaubt, die Hände in ein Handschuhpaar zu stecken und entfernte Gegenstände zu bewegen, als fasse man sie tatsächlich an. Diese Apparatur ist heute ein zentraler Bestandteil vieler virtueller Verfahren und wird im Englischen oft höchst passend als ... „Waldo" bezeichnet.

Heinlein war der Erfinder der „Zukunftshistorie", eines literarischen Kunstgriffs, den auch viele andere Science-fiction-Autoren anwenden. Zukunftshistorien sind Chronologien künftiger Jahre oder Epochen. Sie dienen dem Leser dazu, bestimmte Stories beliebiger Autoren in den korrekten historischen Kontext zu bringen. Laut Heinleins Zukunftshistorie befindet sich der Mensch des 20. Jahrhunderts in der Kindheit oder Jugendzeit; erst Anfang des 22. Jahrhunderts wird die Menschheit so weit gereift sein, daß man von der ersten echten Erwachsenenkultur sprechen kann.

Red Planet
A SCIENCE FICTION ADVENTURE
ROBERT A. HEINLEIN

The best-selling underground novel
by the dean of American science fiction writers
STRANGER IN A STRANGE LAND
ROBERT A. HEINLEIN
GROK
D2202 $1.50★ A BERKLEY MEDALLION BOOK

ROBERT A. HEINLEIN
JOB:
A COMEDY OF JUSTICE

ALDOUS HUXLEY

1894–1963

Huxley war zwar vieles – Gesellschaftskritiker, Bühnenautor, Universitätsdozent, Romancier –, aber nicht primär Science-fiction-Autor. Allerdings hatten vier seiner Werke so großen Einfluß auf das Genre, daß sein Name unwillkürlich fällt, sobald sich ernsthafte Science-fiction-Fans begegnen. *Schöne neue Welt* (1933) ist natürlich seine weltberühmte futuristische negative Utopie. *Nach vielen Sommern* (1939) handelt u.a. vom Altern und der Unsterblichkeit und stellt ein über 200 Jahre altes Paar vor, das eher Affen als Menschen gleicht. *Affe und Wesen* (1948) spielt nach dem atomaren Holocaust und beeinflußte Nevil Shutes *Das letzte Ufer* (1957) ebenso wie Walter Millers Klassiker *Lobgesang auf Leibowitz* (Hugo Award 1961). Huxleys *Eiland* (1962) beschreibt eine utopische Gesellschaft.

In *Schöne neue Welt* sagte Huxley eine Droge namens Soma voraus. Mitte der 50er Jahre begeisterte das Beruhigungsmittel Miltown die ahnungslose Öffentlichkeit – besonders Angehörige der Unterhaltungsbranche. Alle nahmen es, um ihre Nerven zu beruhigen und sich im Gleichgewicht zu halten. Paul Coates, ein beliebter TV-Unterhalter dieser Zeit, wollte einen Teil seiner Sendung diesen nagelneuen Drogen widmen. (Eine Konkurrenzmarke nannte sich tatsächlich Soma.) Er rief mich in der Hoffnung an, ich könne ihn mit Huxley zusammenbringen, von dem ich wußte, daß er in Washington war, um einen Vortrag über sein neues Sachbuch *Dreißig Jahre danach oder Wiedersehen mit der Schönen neuen Welt* zu halten. Coates war sehr enttäuscht, als er hörte, daß Huxley keine Zeit hatte, aber irgendwie spulte ich plötzlich die Titel von Science-fiction-Stories ab, in denen Drogen mit Soma-ähnlichen Eigenschaften vorkamen. „Chu-chu-Gummi" kam in David H. Kellers Geschichte *The Abyss* vor. Auch wenn es dabei nicht um Drogen ging, hatten *The Emotion Gas* (von einem kaum bekannten Science-fiction-Autor) und *The Truth Gas* (des noch heute berühmten Edmond Hamilton) ähnliche Wirkung. Und so redete ich weiter und beeindruckte die TV-Größe dermaßen mit meinem Wissen, daß ich Aldous Huxley kurz darauf im Fernsehen vertrat. Als Coates fragte, welche Warnung die Vorhersagen David H. Kellers, Arthur K. Barnes' (*The Emotion Solution*) und Evan Hunters (*Malice in Wonderland*) enthielten, erwiderte ich: „Nur nichts überstürzen ... man soll sich Beruhigungsmitteln in aller Ruhe nähern. Wollen wir die Kraft des Willens durch die Kraft der Pillen ersetzen? Angst ist vielleicht verwandt mit Ehrgeiz, und wenn man menschliche Gefühle aus der Gleichung des Lebens streicht, enden wir möglicherweise als Automaten, als Capeksche Roboter, die weder Kummer noch Freude, noch Furcht oder irgendeine andere menschliche Emotion empfinden."

DAVID H. KELLER

1880–1966

Keller ist in der Welt der Science-fiction-Autoren eine Ausnahme, da er im Alter von fast 50 Jahren erstmals publizierte. Das Erscheinen der Pulps in den späten 20er Jahren lieferte ihm ein Vehikel für die Kurzgeschichten, die er schon seit Jahren aus purem Spaß schrieb und seinen Freunden und Familienangehörigen zum Lesen gab. In den 30er Jahren veröffentlichte er über 50 Stories, die Redakteure und Fans „Keller-Garn" nannten, obwohl manche eindeutig zum Horror- oder Fantasy-Genre gehörten.

THE THIRTY AND ONE

by DAVID H. KELLER

CECIL, OverLord of Walling in the Dark Forest, mused by the fire. The Blind Singer of Songs had sung the sagas of ancient times, had waited long for praise and then, disquiet, had left the banquet hall guided by his dog. The Juggler had merrily tossed his golden balls into the air till they seemed a glistening cascade, but still the OverLord had mused, unseeing. The wise Homonculus had crouched at his feet uttering words of wisdom and telling tales of Gobi and the buried city of Ankor. But nothing could rouse the OverLord from his meditations.

At last he stood up and struck the silver bell with a hammer of gold. Serving

A mist filled the room and swirled widdershams in thirty pillars around the table

"I will drink the elixir of synthesis," spoke lovely Lady Angelica, "and thus thirty of our bravest warriors will pass into my body—to be liberated again in the castle of the giant who is draining the life-blood of our people!"

53

Keller wurde 1880 in Monroe County, Pennsylvania, geboren. Er hatte eine mehrere Jahre ältere Schwester, der seine Mutter ihre ganze Liebe und Aufmerksamkeit schenkte. Klein David verstand die Botschaft und reagierte entsprechend: Wenn ich dir egal bin, bist du mir auch egal. Sobald ihn jemand ansprach oder ihm eine Frage stellte, machte er die Ohren zu. Er erfand eine eigene Sprache, die er seiner Schwester beibrachte. „Man schickte mich aus dem Kindergarten nach Hause", erzählte er, „weil ich kein Wort von dem verstand, was mir gesagt wurde." Die Lehrer hielten ihn für einen Dorftrottel. Als seine Schwester achtjährig starb, war der kleine David von der Welt isoliert. Zwar lernte er schließlich Englisch, träumte aber stets in seiner Privatsprache, die auch sein Schreiben beeinflußte.

Die Themen Sprache und Kinder werden in etlichen seiner Werke behandelt; tatsächlich wurde festgestellt, daß bei Keller pro Quadratabsatz noch heute mehr Säuglinge auftauchen als bei jedem anderen Science-fiction-Autor (*Unto Us a Child Is Born, The Psychophonic Nurse, The Lost Language*). Der Leser gewinnt bei der Lektüre seiner Werke manchmal den Eindruck, es handle sich dabei um Übersetzungen, aber nicht etwa, sagen wir, aus dem Französischen, Deutschen oder sonst einer bekannten Sprache, sondern aus einem völlig fremden Idiom – was, wie er in *The Lost Language* enthüllt, auch stimmt.

Vor seiner späten Berufung zum Autor war Keller Arzt, Dozent und Psychoanalytiker, und sein professioneller Blickwinkel scheint, ebenso wie seine persönlichen Probleme, in seinen Erzählungen häufig durch. Obwohl er in manchen Kreisen für sein übermäßiges Selbstbewußtsein bekannt war (gelegentlich bot er Zuhörern 50 Cents an, damit sie ihm eine halbe Stunde beim Prahlen zuhörten), war er der selbstloseste Science-fiction-Autor unter der Sonne, wenn es darum ging, junge Fanzeitschriften-Verleger gratis mit Geschichten zu beliefern.

HENRY KUTTNER & C. L. MOORE

HK 1915–1958
CLM 1911–1987

Als der Redakteur von *Weird Tales,* Farnsworth Wright, C. L. Moores Manuskript *Shambleau* erhielt, erklärte er seinen Mitarbeitern: „Eine schönere Erzählung haben wir nie bekommen." Sie wurde im November 1933 veröffentlicht, und die Reaktion der Leser war überwältigend.

Henry Kuttner, der ebenfalls für *Weird* schrieb (seine Story *Friedhofsratten* erschien 1936), verfaßte einen Fanbrief an „Mr. C. L. Moore". Moore antwortete. Kuttner erfuhr, daß Moore eine Frau war. Er traf sich mit ihr, und es war Liebe auf den ersten Blick. Sie heirateten 1940 und schrieben fortan, bis zu Kuttners Tod im Jahr 1958, alles zusammen.

Kuttner und Moore sind die meistunterschätzten Autoren der Science-fiction-Welt. Vielleicht liegt es daran, daß ein Großteil ihrer Werke zur Fantasy bzw. zum Abenteuer tendiert: Kuttner schrieb regelmäßig für *Startling Stories* und *Thrilling Adventures,* bevor er (und Moore) eine wichtige Stütze von *Astounding Science Fiction* wurden. Da er und seine Gattin eine Vorliebe für Pseudonyme hatten und sie fast alles gemeinsam schrieben, weiß man nie genau, wessen Geschichte man gerade liest. Es ist immer möglich, daß man eine Koproduktion vor sich hat.

Vermutlich wurden sie auch deswegen von vielen Kritikern und Lesern übersehen, weil sie im Gegensatz zu ihren Zeitgenossen Asimov, Heinlein und Orwell nie einen klassischen Roman schrieben, der zum Bestseller wurde. Dabei ist ihr gemeinsam verfaßter Roman *Alle Zeit der Welt* (1950) ausgezeichnete Science-fiction. Doch Kuttner und Moore waren vor allem Meister der Kurzform. Ihre Stories sind in zahlreichen Erzählbänden erschienen. Einige, wie *Science-fiction Stories 56*, rechnet man Kuttner zu; andere, etwa *Northwest of Earth,* werden Moore zugeschrieben.

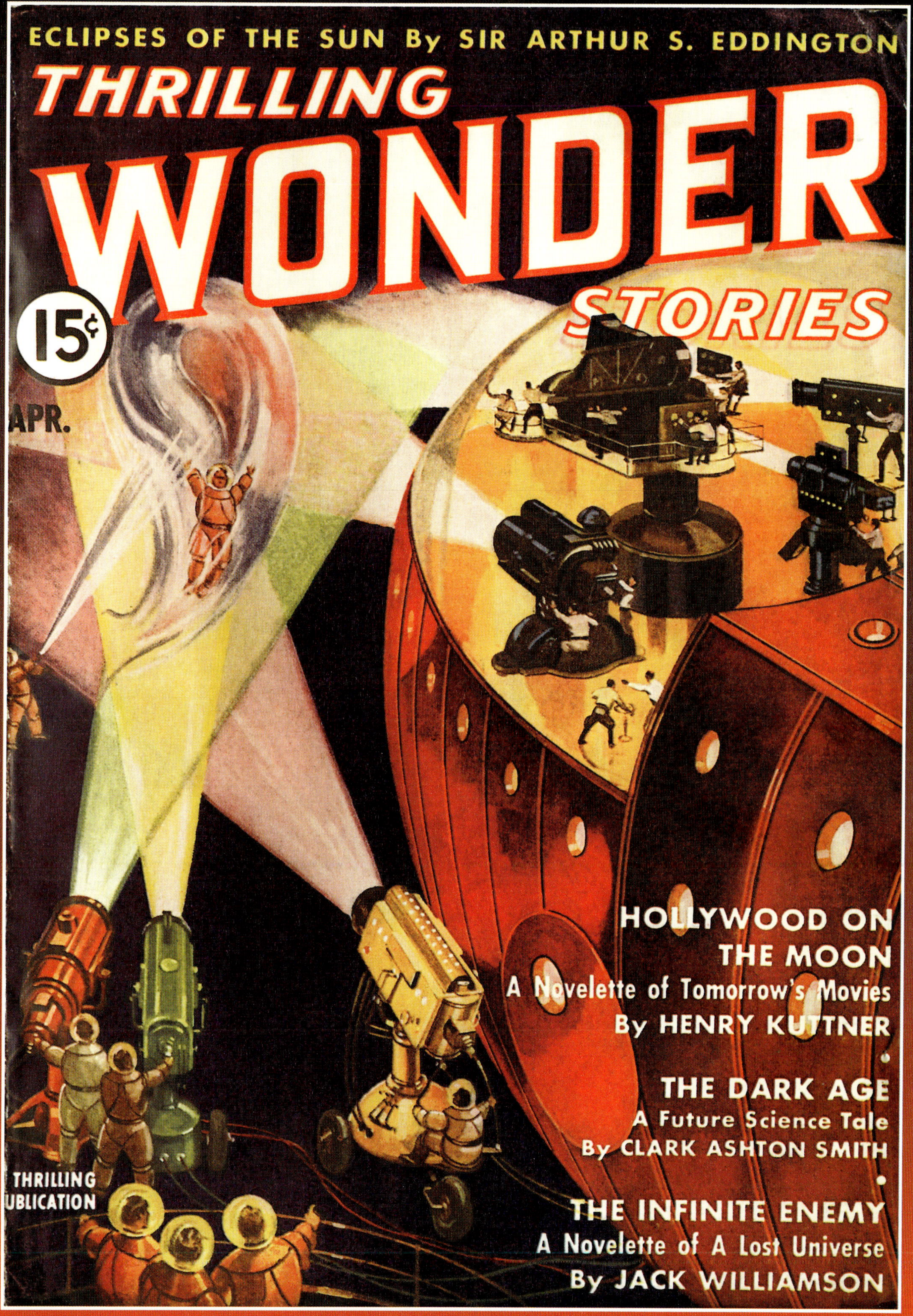
ECLIPSES OF THE SUN By SIR ARTHUR S. EDDINGTON
THRILLING
WONDER
STORIES
15¢
APR.
HOLLYWOOD ON THE MOON
A Novelette of Tomorrow's Movies
By HENRY KUTTNER
THE DARK AGE
A Future Science Tale
By CLARK ASHTON SMITH
THE INFINITE ENEMY
A Novelette of A Lost Universe
By JACK WILLIAMSON
THRILLING
UBLICATION

MURRAY LEINSTER

1896–1975

Leinster, oft als Altmeister der Science-fiction bezeichnet, publizierte seine erste Story 1919 in *Argosy.* Sie hieß *The Runaway Skyscraper* und fiel den Lesern auf, als sie im Juni 1926 in der 3. Ausgabe von *Amazing Stories* nachgedruckt wurde. Sie enthält einen der meistzitierten Sätze in der Geschichte der Science-fiction: „Die ganze Sache ging los, als die Uhr auf dem Metropolitan Tower anfing, rückwärts zu laufen.“

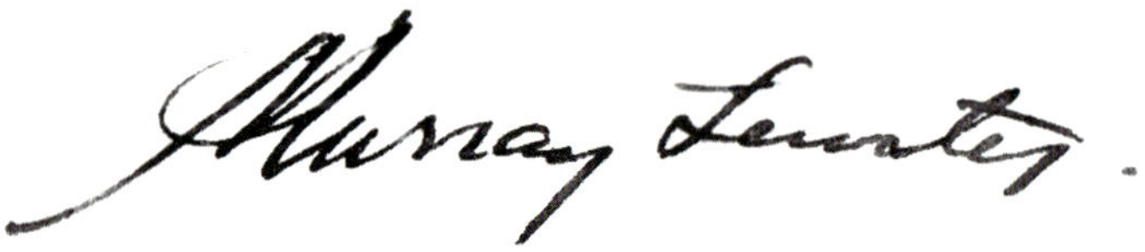

Leinster hörte erst 1970 auf zu schreiben. Er hat ein riesiges Werk hinterlassen. Sein Science-fiction-Klassiker ist die Story *Erstkontakt* (1945): Irdische Astronauten begegnen im interstellaren Raum Raumfahrern einer fremden Zivilisation. Beide Gruppen haben Mühe, in Erfahrung zu bringen, ob die Absichten der anderen freundlich oder kriegerisch sind.

Zu Leinsters sonstigen Klassikern zählen *Der verrückte Planet* (1920), der schließlich in dem Roman *Planet des Wahnsinns* (1954) aufging, sowie *Quer durch die Zeit* (1934), in dem der Autor die Möglichkeit paralleler Universen erforscht.

ABRAHAM MERRITT

1884–1943

Merritt arbeitete anfangs als Journalist in Philadelphia, wo man ihn stets auf Geschichten über die Schattenseiten des Lebens ansetzte – vom Verbrechen bis zur Katastrophe. Nachdem man ihn zum besten Berichterstatter über Exekutionen (!) gekürt hatte, gestand er, daß Aufträge dieser Art ihm an die Nieren gingen. 1937 wurde er Chef vom Dienst beim *American Weekly,* deren Beilage „wahre“ Geschichten über sprechende Geköpfte, Voodoo, Gespenster, versunkene Schätze, Atlantis, unerklärliche Ereignisse und schreckliche Begebenheiten vorstellte – nur nicht über fliegende Untertassen, denn die waren noch nicht gesichtet worden. Ich hatte als kleiner Junge meinen Spaß an Merritts Beilage und bat meinen Großvater sonntags stets um den „Gruselteil“ der Zeitung.

Merritts Science-fiction-Klassiker sind der Roman *Der Mondsee* (1919) und dessen weniger bedeutende Fortsetzung *Metallstadt* (1920). Der zur Science-fiction tendierende Roman *Flieh, Hexe, flieh!* kam unter der Regie von Tod Browning als *Die Teufelspuppe* (1936) ins Kino. Die Hauptrollen spielten Lionel Barrymore als Wissenschaftler, der Menschen schrumpfen läßt, und Maureen O'Sullivan als seine Tochter.

BOB OLSEN

1884–1956

Olsens erster Beitrag zu *Amazing Stories* war die Story *The Four Dimensional Roller Press* (1927). Ihr folgten fünf weitere populäre Geschichten über die vierte Dimension. Doch heute kennt man ihn wahrscheinlich eher als besten Freund der Ameise: Man kann Olsen ohne weiteres den besten Science-fiction-Ameisen-Autor nennen. Er züchtete sie liebevoll im Garten seines Hauses in Beverly Hills. „Sie sind meine Kinder", sagte er. Sein Wissen über seine chitingepanzerten Untermieter gab er in Erzählungen wie *The Ant with a Human Soul* (1932) und *Peril Among the Drivers* (1934) weiter.

1931 erschien ein kurzlebiges Science-fiction-Magazin mit dem Titel *Miracle, Science and Fantasy Stories* (es war bemerkenswert, weil es erstmals den Zeichner Elliot Dold jr. vorstellte). In der zweiten (und letzten) Nummer warb es für ein sensationelles Werk in Nummer 3, in dem es um die schon erwähnte „Ameise mit der menschlichen Seele" ging. Nachdem das Manuskript angenommen worden war, benachrichtigte man Olsen telegrafisch. Die Botschaft wurde ihm übers Telefon von einer Dame der Telegrafengesellschaft vorgelesen. Der Text lautete: BIETEN 200 DOLLAR FÜR AMEISE MIT MENSCHLICHER SEELE. Da der Dame nicht klar war, um was es ging, platzte sie heraus: „Entschuldigung, Sir, ich habe zwar schon von Flöhen gehört, die für den Zirkus dressiert werden, aber gibt es auch Ameisen mit menschlicher Seele?!"

Die Nummer 3 von *Miracle, Science and Fantasy Stories* erschien nicht mehr. Die Geschichte wurde schließlich in *Amazing Stories Quarterly* veröffentlicht.

GEORGE ORWELL
1984
ROMAN
GYLDENDAL

GEORGE ORWELL

1903–1950

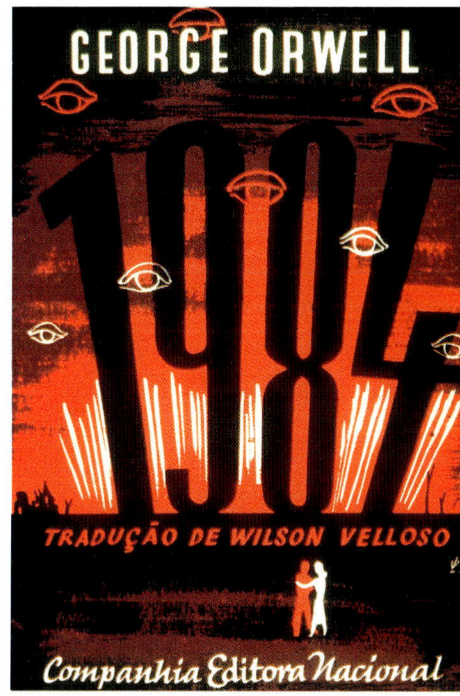

Es ist leicht, ein Buch das beste seines Genres zu nennen, aber es ist nicht einfach, es als das beste *aller* Genres zu bezeichnen. Auf Orwells *1984* trifft dies zu.

Das Buch machte bei der Erstveröffentlichung 1949 aus zwei Gründen Furore: Erstens war *Die Farm der Tiere*, Orwells fünfter Roman, sein erster bedeutender Erfolg gewesen, so daß man *1984* sehnsüchtig erwartete; zweitens, und noch wichtiger, war der Holocaust noch in frischer Erinnerung. Gehirnwäsche, Nationalismus, Atombomben, unerhörte Taten einer unbegreiflichen totalitären Regierung waren nicht unmöglich – all dies war erst kurz vorher geschehen.

1984 ist Orwells Meinung über die heilige Natur der menschlichen Freiheit. Der Roman spielt nach dem Dritten Weltkrieg und schildert die Entmenschlichung des Winston Smith durch die an der Macht befindliche Partei, die ihn im „Wahrheitsministerium" arbeiten läßt, wo er die vergangenen und gegenwärtigen Ereignisse in die sogenannte „Neusprache" übersetzt (d.h. fälscht). In dieser Gesellschaft, die Gefühle verbietet, macht Smith den „verbrecherischen" Fehler, sich zu verlieben – und er zahlt den Preis dafür.

Orwell gilt allgemein nicht als Science-fiction-Autor. *Die Farm der Tiere* zählt mit ihren sprechenden Schweinen und Kühen eher zur Fantasy als zur Science-fiction. Doch mit *1984* setzte er die Norm für negative Utopien in der Science-fiction; es war ein Höhepunkt, von dem man sagen kann, daß er nie übertroffen wurde.

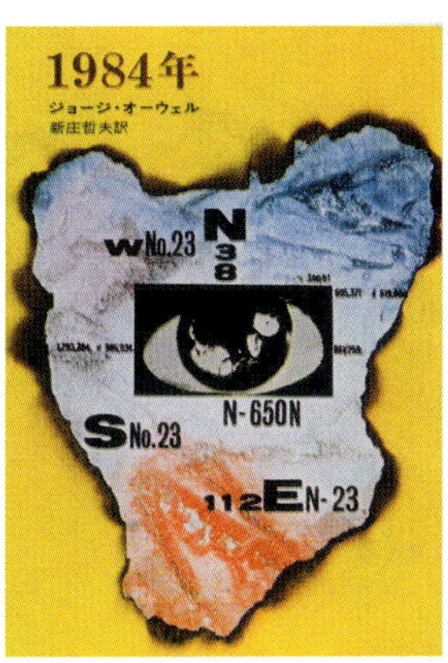

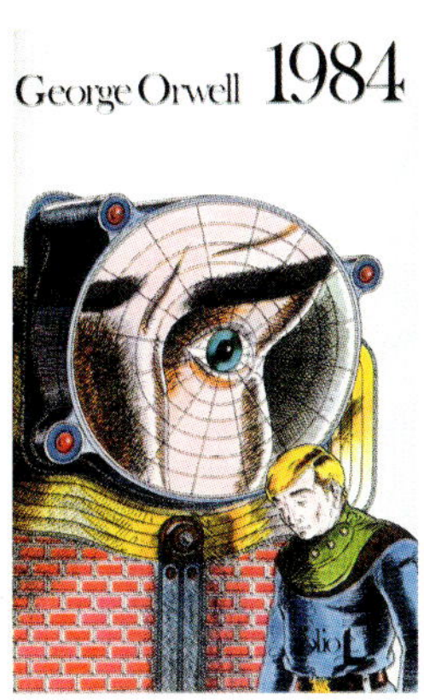

ERIC FRANK RUSSELL

1905–1978

Russell kam Mitte der 30er Jahre als Mitglied der British Interplanetary Society erstmals mit der Science-fiction-Szene in Berührung. Er bewunderte das Werk von Charles Fort; sein von Fort beeinflußter Roman *Die Todesschranke* erschien 1939 in der ersten Ausgabe von *Unknown,* der ebenfalls von John W. Campbell herausgegebenen Schwesterzeitschrift von *Astounding.*

Auch *Planet der Verbannten* (1948 als Fortsetzungsroman in *Astounding)* war sofort ein Erfolg und warf erstmals die Frage auf, ob die Erde möglicherweise das Irrenhaus des Universums ist. *Der Offund* erhielt 1955 als beste Kurzgeschichte den Hugo Award.

John Campbell bezeichnete Russell 1968 als seinen Lieblingsautor. Ein großes Lob von einem Redakteur, der manchen Science-fiction-Pionier ins Genre einführte und zur Meisterschaft brachte.

ALADRA SEPTAMA

LEBENSDATEN UNBEKANNT

Obwohl sich nur wenige Science-fiction-Leser an Septama erinnern werden, verfaßte er im Laufe von zwei Jahren sechs Space operas, zu denen *The Cry from the Ether* (ein unvergeßlicher Titel), *Tani of Ekkis* und *Dragons of Space* gehörten. Aladra Septama war das Pseudonym des in San Francisco lebenden Anwalts Judson W. Reeves. Vielleicht erinnere ich mich deswegen an ihn, weil er den weltraumsüchtigen jungen Forry Ackerman einmal zum Essen einlud und ihm einen dicken Stapel alter *Amazing-Stories*-Ausgaben von 1926 schenkte!

THEODORE STURGEON

1918–1985

Bei Sturgeon kam des Thema Sexualität öfter vor als bei den meisten anderen Autoren. Er schrieb jedoch keine Zoten und bauschte nichts sensationell auf. Sturgeon erforschte die Sexualität als festen Bestandteil der menschlichen Seele. Er hat zahlreiche Kurzgeschichtenklassiker geschrieben, u.a. *Äther-Intelligenzen* (1939), *Der kleine Gott* (1941), *Biancas Hände* (1947), *Donner und Rosen* (1947) und *Zellkernfusion* (1952). *Die Liebesvögel* (1953) ist eine Erzählung über zwei homosexuelle Außerirdische. Um Hermaphroditen geht es in dem Roman *Venus Plus X* (1961), und das Thema Inzest findet sich in *Die Ausgestoßenen* (1967). Der Roman *Die neue Macht der Welt* (1953) ist ein Sturgeon-Klassiker und behandelt Liebe, Sex und das Paranormale.

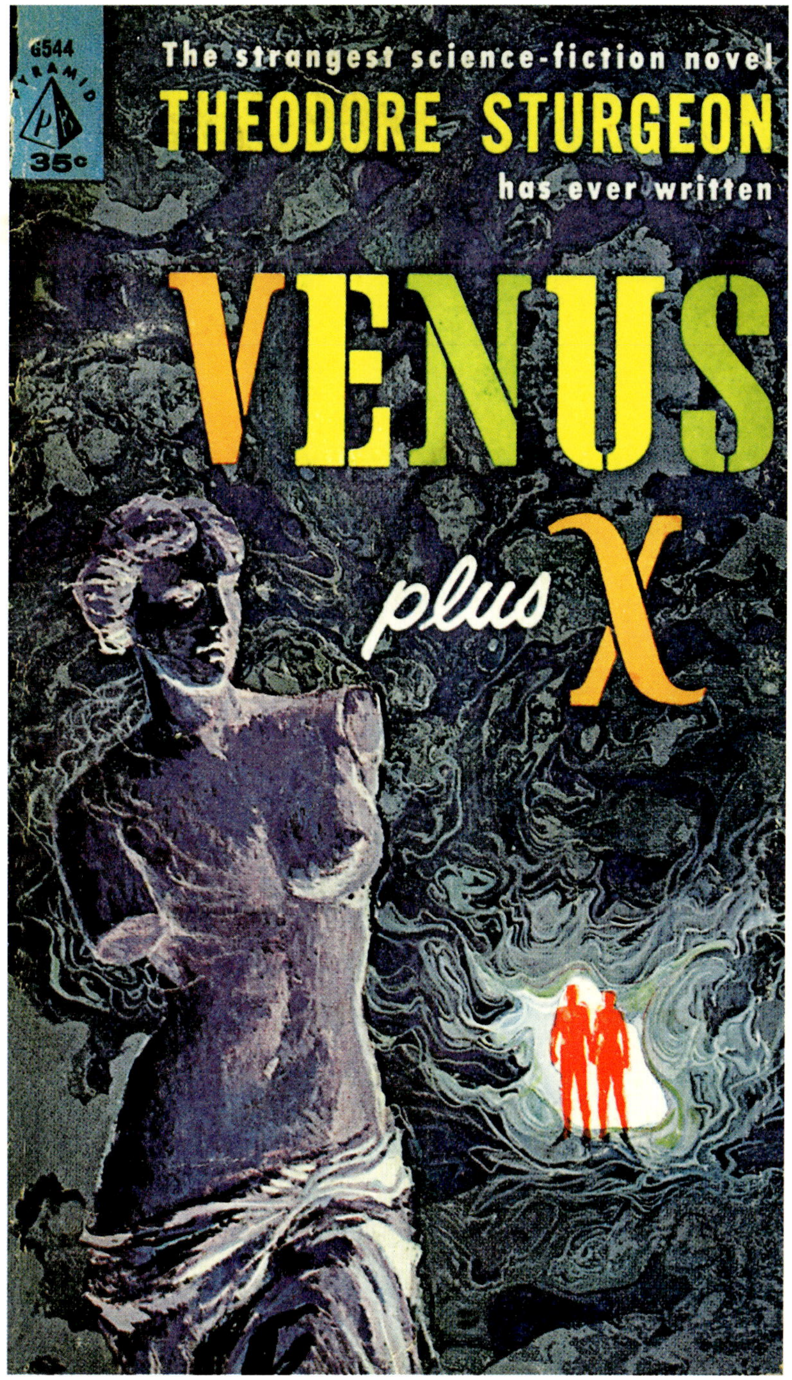

GARRETT PUTNAM SERVISS

1851–1929

Der Biograph Everett F. Bleiler bezeichnet Serviss als „einen der wichtigsten Science-fiction-Romanciers der USA vor dem Ersten Weltkrieg“, auch wenn seine Science-fiction-Produktion nur ein halbes Dutzend Titel umfaßt: u.a. *Edison's Conquest of Mars* (1898), *The Moon Metal* (1900), *A Columbus of Space* (1909; über den ersten Flug zur Venus und Jules Verne gewidmet) sowie *The Second Deluge* (1911).

Mit *Edison's Conquest* schuf er die „Edisonade“, die Science-fiction-Saga vom Erfinder, der sein Land bzw. das Universum mittels einer neuen Technik rettet. (Dieses Subgenre wurde von E. E. Smith 1928 in *Die Abenteuer der Skylark* perfektioniert.) Serviss starb 1929, erlebte aber noch den Nachdruck von *Moon Metal, Columbus* und *Deluge* in *Amazing Stories* und *Amazing Stories Quarterly.*

"Standing on the steps . . . was a creature shaped like a man, but more savage than a gorilla."
[Page 47.]

M. P. SHIEL

1865–1947

Shiel war ein ungewöhnlicher Autor. Heute würden viele diesen britischen Schriftsteller als Rassisten einstufen, aber im Kontext seiner Zeit war er lediglich ein Nationalist, der mit großem Detailreichtum und viel Phantasie „Zukunftskriege“ erfand. – Wem machte es damals schon etwas aus, daß die Feinde immer Chinesen, Japaner und Juden, die Sieger jedoch immer Briten waren?

Dic purpurnc Wolkc (1901) ist cincs scincr wcnigcn Wcrkc, das Scicncc fiction Lcscr noch kcn nen und schätzen. Als der Protagonist im Alleingang den Nordpol erreicht, ahnt er nicht, daß ein pupurfarbenes vulkanisches Gas den Rest der Menschheit dahingerafft hat – außer einer einsamen Frau. Das Problem, das sich ihm bei ihrer Entdeckung stellt: Soll er sie fressen oder lieben? Dem von H. G. Wells hochgeschätzten Roman war ein zweites Leben vergönnt, da er 1949 noch einmal in *Famous Fantastic Mysteries* erschien. Der Archivar Everett F. Bleiler hält Shiel für den „romanhaften Draufgänger, der wie Cecil B. DeMille komponierte, die Menschheit mit brillanter Prosa erschlug, zehn Millionen im Mahlstrom ersaufen ließ ... und die Sterne vom Himmel holte.“

CLIFFORD D. SIMAK

1904–1988

Obwohl Simak schon in den 30er Jahren zu schreiben begann, als die Science-fiction stark von beiden Weltkriegen beeinflußt wurde und den Zusammenhang zwischen dem Bösen im Menschen und den Gefahren der Technik erforschte, wurde er zum Optimisten des Genres. Die meisten seiner Werke erschienen in den 60er und 70er Jahren, als Journalisten, Akademiker und Schriftsteller laut über die bis dato unausgesprochenen Übel des Rassismus und der sexuellen Unterdrükkung nachdachten. Trotzdem war Simak fröhlich veranlagt. Sein Werk wimmelt von Science-fiction-Topoi – von Außerirdischen, Robotern, Zeitmaschinen, parallelen Universen und mystischen Märchengestalten mit magischen Kräften. Doch statt feindliche Fremdlinge zu vernichten oder Dinosaurier zu foppen, schließen seine Erdlinge Frieden mit ihnen und erfahren, was Koexistenz ist. Simak wurde für *Das Tor zur anderen Welt* und *Raumstation auf der Erde* 1959 bzw. 1964 mit dem Hugo Award ausgezeichnet. Er schrieb bis zu seinem Tod im Jahr 1988.

CURT SIODMAK

*1902

Der gebürtige Dresdner Curt Siodmak schreibt Romane, Kurzgeschichten und Drehbücher und führt gelegentlich Regie. Sein bekanntester Roman ist *Donovans Gehirn* (1942), der dreimal verfilmt wurde: *The Lady and the Monster* (1944), *Donovans Hirn (Donovan's Brain*, 1953) und *Das Gehirn (The Brain*, 1962). Der verbrecherische Geschäftsmann Donovan stirbt bei einem Flugzeugabsturz, doch der Forscher Patrick Cory birgt sein Hirn und behandelt es mit Chemikalien, um es zu erhalten. Es lebt nicht nur weiter, sondern entwickelt auch telepathische Kräfte, die Cory schließlich kontrollieren. Die Katastrophe folgt auf dem Fuße.

Doch ist Siodmak trotz der andauernden Popularität des Romans viel mehr als nur *Donovans Gehirn*. Er ist auch ein Science-fiction-Prophet: Sein in Deutschland entstandener Science-fiction-Film *F. P. 1 antwortet nicht* (1932) handelt von einer Plattform im Atlantik, die Flugzeugpiloten als Zwischenstation nutzen. Damals wären Plattformen dieser Art die einzige Möglichkeit für Nonstopflüge von Europa in die USA gewesen. (Auch *Non-Stop New York* [1937] handelt von transatlantischen Düsenfliegern.) In Siodmaks Film *R3 überfällig (Riders to the Stars*, 1954) rast ein gewaltiger Meteor aus dem All auf die Erde zu. Siodmaks Lösung für ein solches Debakel wurde 43 Jahre später (1997) in der NBC-TV-Kurzserie *Asteroid* gezeigt.

OLAF STAPLEDON

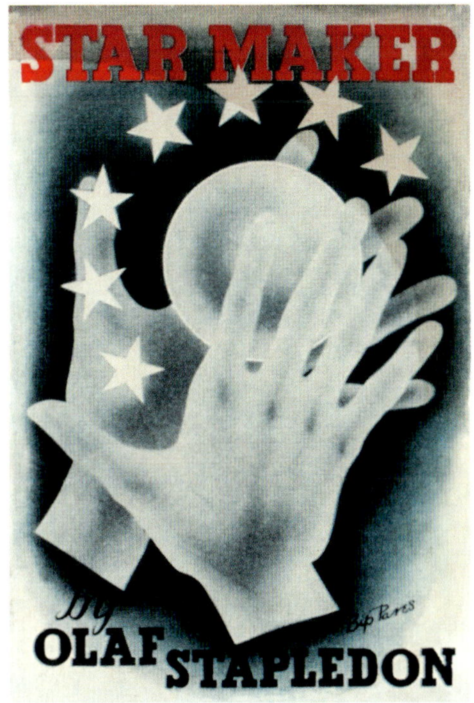

1886–1950

Denkt man an Stapledon, so verläßt man jeden normalen Rahmen. Seine Zukunftshistorie führt den Leser 200 Milliarden Jahre in die Zukunft. Stapledon berichtet in einfacher Sprache (und kommt ohne Neandertaler und Cro-Magnons aus): Die zweite Menschheit entwickelt sich um das Jahr 10 000 000, ihr folgen die dritte, vierte und so weiter bis zur 18. (und letzten) im Jahr 2 000 000 000. Sein erstes Werk, der Klassiker *Die letzten und die ersten Menschen* (1930), erzählt die Geschichte der Menschheit auf der Erde, auf dem Mars und auf dem Neptun. Mir persönlich gefallen *Last Men in London* (1932) und *Sirius* (1944) besser. Sirius ist der Name eines genetisch manipulierten Hundes mit menschlicher Intelligenz, der sich in die junge Frau verliebt, mit der er aufgewachsen ist.

Nach dem Urteil des Science-fiction-Historikers Sam Moskowitz verfügte Stapledon über „die gewaltigste Phantasie, die je zur Science-fiction fand".

JOHN TAINE

1883–1960

Von 1924 bis 1955 publizierte das Mathematikgenie Eric Temple Bell unter dem Pseudonym John Taine 13 Romane. Seine Texte boten beinharte Naturwissenschaft und handelten von technischen Mißgeschicken, biologischen Kuriositäten, Naturkatastrophen und ethischen Zwangslagen, doch waren sie wie Kriminalromane geschrieben. *The Purple Sapphire* (1924) und *The Crystal Horde* (1952) waren von der damaligen Weltpolitik beeinflußt, *G. O. G. 666* (1954) behandelt ein verdächtiges sowjetisches Experiment. Taines Roman *Green Fire: The Story of the Terrible Days in the Summer of 1990* (1928) beschreibt eine nukleare Kettenreaktion, die die Erde zu vernichten droht, und wurde in den 30er Jahren am Broadway als Theaterstück aufgeführt.

Taine hatte das Erdbeben von San Francisco im Jahr 1906 erlebt und baute seine Erinnerungen daran 25 Jahre später in seinen *Wonder-Stories*-Fortsetzungsroman *The Time Stream* ein, einen echten Zeitreiseklassiker, der in Buchform erst 1946 erschien.

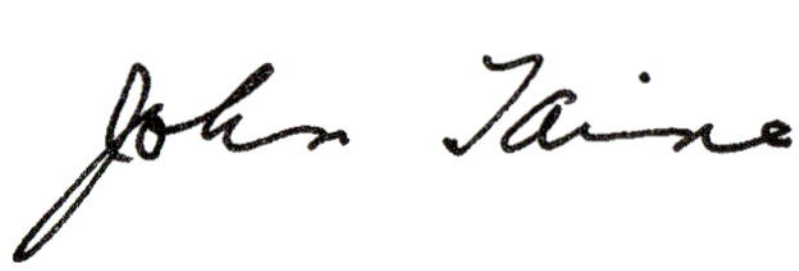

A. E. VAN VOGT

***1912**

A. E. van Vogt war ein wichtiger Autor der 40er Jahre – des Goldenen Zeitalters der Science-fiction. Seine Stories erschienen regelmäßig in den Pulps, speziell in *Astounding Science Fiction.* Später faßte er viele Kurzgeschichten zu Romanen zusammen. So wurde z. B. aus *Schwarzer Verheerer* (1939), *Mißton in Scharlach* (1939), *M33 im Sternbild Andromeda* (1943) und *Nervenkrieg* (1950) der Roman *Die Expedition der Space Beagle* (1950). Ebenso verpackte er drei Stories aus den frühen 40er Jahren – *Der seltsame Motor*, *The Changeling* und *The Beast* – in den Roman *Die Bestie* (1963).

Zu seinen sonstigen Klassikern gehören *Slan* (1946), *Die Waffenschmiede von Isher* (1947), *Welt der Null-A* (1956) und *Palast der Unsterblichkeit* (1970).

Van Vogt ist bekannt dafür, daß er in Abschnitten von 800 Worten schreibt. Er entwickelte dieses Verfahren, um auf jeder Seite spannend zu bleiben und einen schnellen Rhythmus beizubehalten, damit der Leser so gefesselt ist, daß er bei der Stange bleibt. Einige Kritiker meinen, dieser Kunstgriff erzeuge eine widersprüchliche Charakterisierung und inhaltliche Unglaubwürdigkeit. Doch van Vogts Anhänger sind trotzdem von der unglaublichen Phantasie des Autors beeindruckt und lassen sich von ihm gern in Sphären versetzen, in die andere Autoren sich nicht wagen.

Ich war Herausgeber seiner Kurzgeschichtensammlung *Science Fiction Monsters* (1965) und hatte das Privileg, mit ihm zusammen die (völlig belanglose) Story *Laugh, Clone, Laugh* zu schreiben, eine private Verulkung der sogenannten „Neuen Welle“ in der Science-fiction, die ich für fehlgeleiteten Blödsinn hielt.

JULES VERNE

1828–1905

„Er bestand darauf, alles glaubhaft anzulegen, und seine prophetische Gabe basierte auf festen wissenschaftlichen Grundlagen."

Donald H. Tuck, *The Encyclopedia of Science Fiction and Fantasy*

Als das moderne Unterseeboot – elektrisch angetrieben und konstruiert für einen unbegrenzten Aufenthalt unter Wasser – erfunden war und man es patentieren wollte, wurde der Antrag abgelehnt, da Jules Verne seine Funktionen bereits unglaublich detailliert in *Zwanzigtausend Meilen unter dem Meer* (1870) beschrieben hatte.

Angeregt von den Geschichten Edgar Allan Poes hat der oft als Vater der Science-fiction bezeichnete Verne seinerseits die Autoren des 20. Jahrhunderts inspiriert. Ray Bradbury z. B. bezeichnet ihn als Haupteinfluß auf sein Werk. Zu Vernes wichtigsten Büchern gehören *Die Reise zum Mittelpunkt der Erde* (1864), *Von der Erde zum Mond* (1865), das auf dem Méliès' Film *Die Reise zum Mond (Le Voyage dans la Lune,* 1902) basiert, *Zwanzigtausend Meilen unter dem Meer* und der Abenteuerroman *In achtzig Tagen um die Welt* (1873). Verne hat jedoch auch Dutzende von anderen, allesamt lesenswerten Büchern veröffentlicht.

Anmerkung: Der Roman *Auf dem Kometen* (1877), in dem der Protagonist und sein Diener durch einen Kometen von der Erde entführt werden und eine Reise durch das Sonnensystem antreten, inspirierte Frank R. Paul zum Titelbild der ersten Ausgabe von *Amazing Stories* (April 1926).

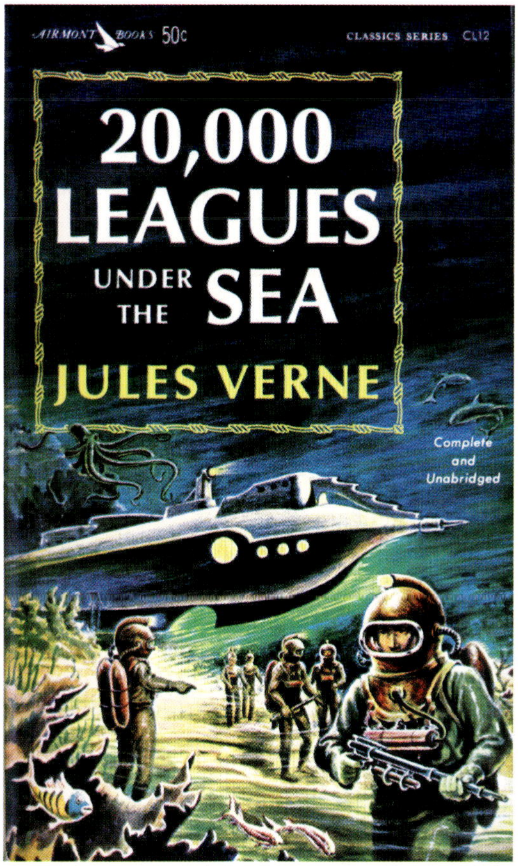
AIRMONT BOOKS 50c
CLASSICS SERIES CL12
20,000 LEAGUES UNDER THE SEA
JULES VERNE
Complete and Unabridged

AIRMONT 50c
CLASSICS SERIES CL60
JULES VERNE
A JOURNEY TO THE CENTER OF THE EARTH
Introduction by Robert A. W. Lowndes
COMPLETE AND UNABRIDGED

AIRMONT 60c
CLASSICS SERIES CL77
THE MYSTERIOUS ISLAND
JULES VERNE
Introduction by Raymond R. Canon
Complete and Unabridged

STANLEY GRAUMAN WEINBAUM

1902–1935

An einem heißen Sommertag im Jahr 1934 saß ich unter einem Sonnenschirm am Ocean-Park-Strand. Meine Zehen wühlten aufgeregt im Sand, denn ich las die *Mars-Odyssee* eines Autors, von dem ich noch nie gehört hatte. Damals wußte ich noch nicht, daß die in *Wonder Stories* publizierte Geschichte dereinst auf dem 2. Platz der von den Science Fiction Writers of America erstellten Liste der populärsten Science-fiction-Stories aller Zeiten landen würde.

Weinbaum war der erste Science-fiction-Autor, der vom Klischee der monströsen Außerirdischen abließ, das H. G. Wells, Edmond Hamilton, Ray Cummings, Arthur J. Burks und andere frühe Science-fiction-Aktivisten populär gemacht hatten: Sein Marsianer Tweel, ein liebenswertes vogelähnliches Geschöpf, war ein sympathisches Lebewesen. Der *Mars-Odyssee* folgte die Fortsetzung *Das Tal der Träume*, und in den folgenden 17 Monaten bis zu seinem viel zu frühen Tod – er starb 1935 an Kehlkopfkrebs – unterhielt er die Science-fiction-Leser seiner Zeit und beeinflußte Autorenkollegen wie Arthur K. Barnes und Eric Frank Russell. *Die flammende Morgenröte* (1939) ist eine posthume Kurzgeschichtensammlung und ein gesuchtes Sammlerstück.

Neben interplanetarischen Erzählungen *(The Red Peri* war seine erste Space opera) schrieb er auch wundersame Geschichten über Zeitreisen, medizinische Wunder und das zukünftige Amerika. Dazu kam einer der besten Übermenschenromane aller Zeiten: *Der neue Adam* (1939). Seine unter dem Pseudonym John Jessel veröffentlichte Story *The Adaptive Element* (1935) wurde als *She-Devil* (1957) verfilmt.

S. FOWLER WRIGHT

1874–1965

Wright war, wie David H. Keller, ein Spätzünder. Als sein erster Roman, *The Amphibians: A Romance of 500 000 Years Hence* (1925), erschien, war er über 50 Jahre alt.

1927 machte *Deluge* ihn weltbekannt, denn darin ließ er ganz Großbritannien ertrinken. *Deluge* hatte eine Fortsetzung, *Dawn,* und beide wurden 1933 zusammengefaßt und unter dem Titel

Deluge von der RKO verfilmt: New York erlebt in schneller Folge ein Erdbeben und eine Flutwelle. Die Tricks waren überragend.

The World Below (1929) gehört zu den vier oder fünf besten Science-fiction-Romanen aller Zeiten. In diesem Zeitreiseroman versetzt Wright den Leser mehrere hunderttausend Jahre in die Zukunft, um ihm zu zeigen, wie weit wir uns „entwickelt" haben: Der Mensch hat noch immer furchteinflößend wenig Respekt vor anderen Lebewesen.

Als ich in den 50er Jahren kurzzeitig Wrights Agent war, stellte er mir ein Ultimatum: Um ihn als Klienten zu behalten, hatte ich ein Jahr Zeit, meine Fähigkeiten mit einem profitablen Verlagsvertrag zu beweisen. Da es nahelag, *The World Below* in einer Taschenbuchausgabe auf den Markt zu bringen, sprach ich meinen alten Freund (inzwischen Verleger) Don Wollheim an. Zu meinem Entsetzen lehnte er ab! Ein Buch, das noch wenige Jahre zuvor bei Umfragen zu den fünf besten gehört hatte! Ich versuchte, Wollheim klarzumachen, daß es für mich eine Kleinigkeit sei, ein paar tolle Zitate der Science-fiction-Prominenz für den Klappentext aufzutreiben, und daß er einen sicheren Seller hätte, wenn wir den Umschlag mit einer nackten amphibischen Heldin und einem Frosch- und einem Fledermausmenschen zierten. Doch seiner Meinung nach hatten die Leser S. Fowler Wright vergessen. Feierabend! Ende! Wollheim brachte lieber junge Zeilenschinder jeglicher Couleur heraus und überging den Klassiker.

Ich verlor Wright zwar als Klienten und habe diesen Schlag nie verwunden, aber der Glaube an *The World Below* hat mich nie verlassen.

H. G. WELLS

Der Filmregisseur und Produzent Alexander Korda zeigt H. G. Wells die Pläne für *Things to Come* (1936).

1866–1946

Wells' wichtigste Science-fiction-Romane sind *Die Zeitmaschine* (1895), *Die Insel des Dr. Moreau* (1896), *Der Unsichtbare* (1897), *Der Krieg der Welten* (1898), *Die ersten Menschen auf dem Mond* (1901) und *The Shape of Things to Come* (1933). Wells hat auch Dutzende von Kurzgeschichtenklassikern verfaßt. 26 seiner Werke erschienen in den ersten vier Erscheinungsjahren in Fortsetzungen in der von Hugo Gernsback herausgegebenen Zeitschrift *Amazing Stories.*

Twentieth-Century Science Fiction Writers sieht Wells als Propheten: „Wells prophezeite den Panzerkrieg *(The Land Ironclads*, 1903), die massiven Bombardierungen von Städten durch Flugzeuge *(Der Luftkrieg*, 1908) und die Atombombe *(Befreite Welt*, 1914)."

Hollywood machte aus seinen Werken Filme von höchst unterschiedlicher Güte. Noch zu Wells' Lebzeiten entstand *Insel der verlorenen Seelen (Island of Lost Souls*, 1932), der auf dem *Dr.-Moreau*-Roman basiert, doch das übertrieben tyrannische Gehabe der Figur Moreau verärgerte ihn. *Der Unsichtbare (The Invisible Man*, 1933), von James Whale zwei Jahre nach dem Klassiker *Frankenstein* inszeniert, blieb zwar werkgetreu, und auch Claude Rains war wunderbar, doch diverse „Fortsetzungen", die schließlich in *Abbott und Costello auf Sherlock Holmes' Spuren (Abbott and Costello Meet the Invisible Man*, 1951) gipfelten, haben mit Wells nicht das geringste zu tun. Raymond Massey und Ralph Richardson spielten die Hauptrollen in dem Film *Was kommen wird (Things to Come,* 1936), der auf dem Roman *The Shape of Things to Come* basiert und recht gut ist: Er führt uns vom Zweiten Weltkrieg im Jahr 1940 (Wells hat sich nur um wenige Jahre verrechnet) in das trügerische Utopia des Jahres 2036, in dem ein „Friedensgas" sowohl den Krieg als auch menschliche Individualität abgeschafft hat.

CL44 AIRMONT CLASSIC SERIES 40c
THE TIME MACHINE
H. G. WELLS
with an introduction by DONALD WOLLHEIM
COMPLETE AND UNABRIDGED

STAR-BEGOTTEN
H.G. WELLS

H. G. WELLS
THE FOOD OF THE GODS

H.G.WELLS
The VALLEY OF SPIDERS

FIRST MEN IN THE MOON
H. G. WELLS

Wells schrieb auch zahlreiche Romane und Sachbücher ohne Bezug zur Science-fiction. Auch wenn viele ärgerliche Kritiker und Leser sein Spätwerk für nicht sehr großartig halten, kann niemand bestreiten, daß er in zehn Jahren mehr beständige, stets neu aufgelegte und immer wieder gelesene Klassiker geschrieben hat als andere Autoren in einem ganzen Leben.

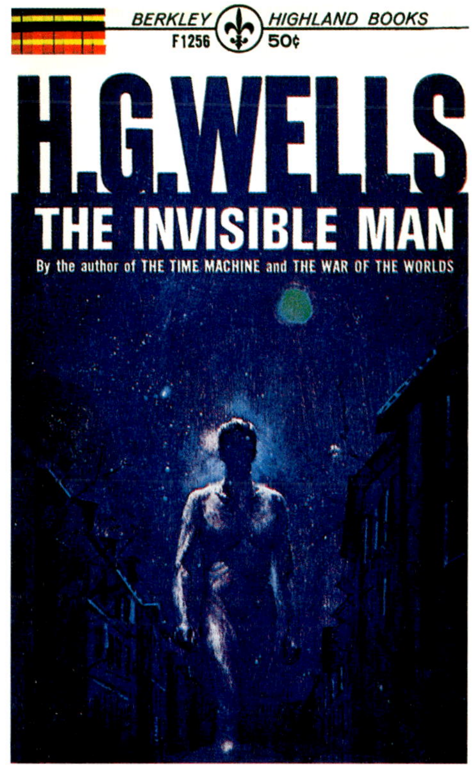

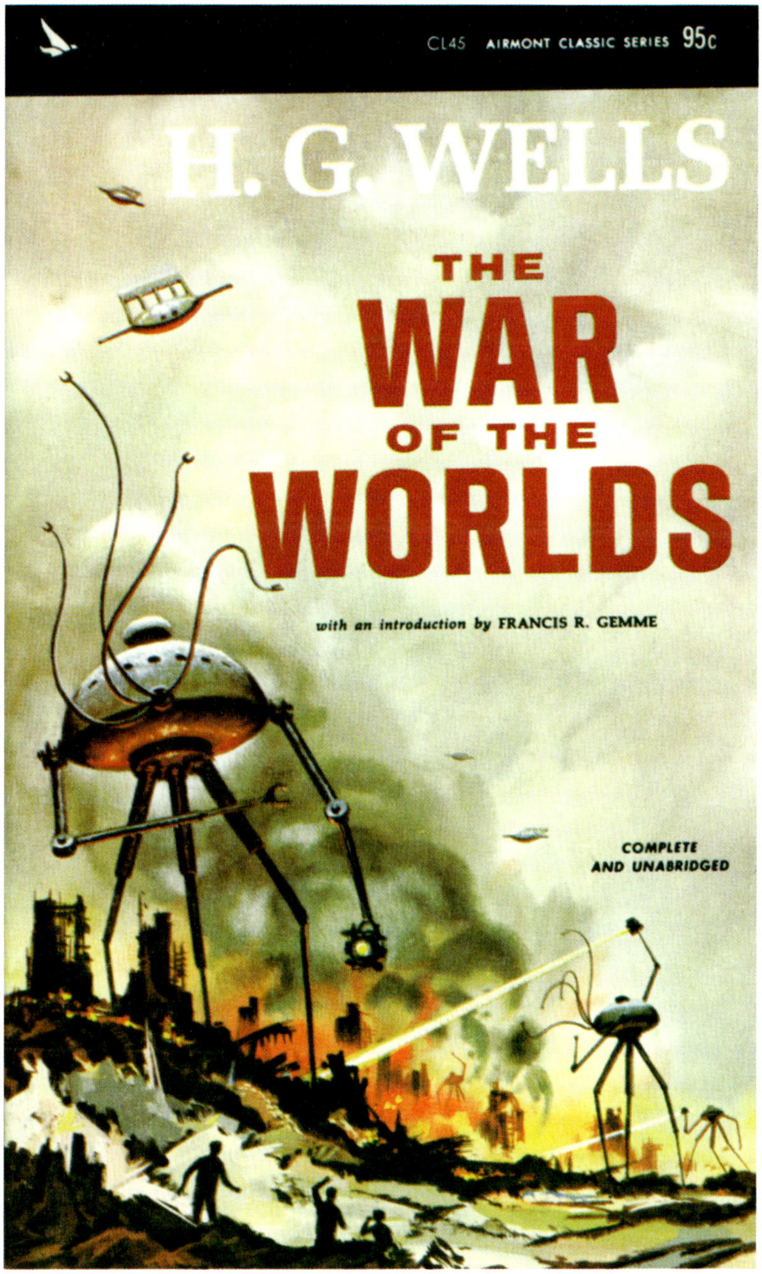

LATEST INVENTIONS, AERO-MECHANICS, SHOP KINKS, TELEVISION, EXPERIMENTS
FORMULAS, CHEMISTRY, WOOD AND METAL CRAFTS; RADIO KINKS

3. KAPITEL

AMAZING! ASTOUNDING! INCREDIBLE!

Die Science-fiction der Pulp-Magazine

Mit *Pulp* bezeichnet man das billige Papier, auf dem früher Zeitschriften gedruckt wurden, aber für viele verweist das Wort auch auf den sensationellen Inhalt der dort publizierten Texte. Wenn man das Wort hört, denkt man nicht an hohe Literatur, sondern an billige Liebesgeschichten oder Tratschblätter. Doch ist Science-fiction eindeutig Literatur, und viele der größten Autoren der USA fingen in den Pulps an.

Zukunftsvisionen waren ein fester Bestandteil der Pulp-Titelbilder der frühen 30er Jahre, wie man an dieser Zeichnung Frank R. Pauls sieht, die er für *Everyday Science and Mechanics* (September 1932) anfertigte: ein Magazin voller üppig illustrierter Artikel über Erfindungen.

Amazing Stories

DIE GOLDENEN JAHRE

„Heute übertrieben ... morgen nackte Tatsache." Dies versprach der Verleger und Redakteur Hugo Gernsback seinen Lesern, als *Amazing Stories* im April 1926 an die Kioske kam. Neben Vernes *Auf dem Kometen* wurden H. G. Wells mit *Der neue Beschleuniger*, Edgar Allan Poe mit *Die Tatsachen im Fall Valdemar*, George Allen England mit *The Thing from Outside*, Austin Hall mit *The Man Who Saved the Earth* und ein begabter Teenager namens G. Peyton Wertenbaker mit *The Man from the Atom* vorgestellt. Wertenbaker wurde später unter dem Namen Green Peyton in der „normalen" Literatur bekannt. Eine berauschende Mischung, hauptsächlich für männliche amerikanische Jugendliche. Jahre später erfuhr ich, daß das Titelbild des Meisters Frank R. Paul nur eine Probeskizze war, die gar nicht auf dem fertigen Produkt erscheinen sollte (s. S. 30). Trotzdem erfüllte sie ihren Zweck.

In den ersten Jahren war *Amazing Stories* von Nachdrucken der Werke berühmter Autoren abhängig, da die Szene nur wenige neue Talente bot. Die dritte Nummer brachte Murray Leinsters

Dezember 1926

Klassiker *The Runaway Skyscraper*, dessen ersten Satz fast jeder alte Science-fiction-Leser auswendig kennt: „Die ganze Sache ging los, als die Uhr auf dem Metropolitan Tower anfing, rückwärts zu laufen."

Die vierte Nummer ist bedeutsam, weil sie dem US-Leser mit *Die Eier vom Tanganyikasee* einen ersten Vorgeschmack auf den deutsch-jüdischen Autor Curt Siodmak lieferte. Siodmak ist heute für *Donovans Gehirn* (dreimal verfilmt), dessen zwei Fortsetzungen und seine Drehbücher für viele Science-fiction-Filme bekannt – u.a. *F. P. 1 antwortet nicht* (1932), *The Transatlantic Tunnel* (1935), *Frankenstein Meets the Wolf Man* (1943) und *R3 überfällig (Riders to the Stars,* 1954).

Die August-Nummer von *Amazing Stories* stellte dem Publikum den Roman *A Columbus of Space* (1909 veröffentlicht) von Professor Garrett P. Serviss vor, der auch 1926 noch lesbar war. In den nächsten Ausgaben tauchten Autoren wie A. Merritt *(The Face in the Abbyss)* und A. Hyatt Verrill *(Beyond the Pole)* auf.

Im Dezemberheft von 1926 wurde ein Autorenwettbewerb ausgeschrieben, bei dem man 500 Dollar gewinnen konnte (ein Vermögen zu einer Zeit, als Postkarten 1 Cent und Briefmarken 2 Cents kosteten). Die Aufgabe: eine Geschichte zu Frank R. Pauls Titelbild zu schreiben. Den 1. Platz unter 360 Einsendungen belegte *The Visitation* von Cyril G. Wates aus Kanada, der in späteren Ausgaben mit drei weiteren Geschichten vertreten war. Der 2. Preis ging an *The Electronic Wall* von George R. Fox (von dem man nie wieder etwas hörte). Der 3. Preis ging an *The Fate of the Poseidonia* und war bedeutsam, denn Clare Winger Harris war die erste Frau, die in *Amazing Stories* publizierte. Sie wurde zur regelmäßigen Mitarbeiterin, und ihre Story *Miracle of the Lily* gilt ebenso als Klassiker wie *A Baby on Neptune*, die sie zusammen mit Miles J. Breuer schrieb.

Im März 1927 druckte das Magazin die sieben Jahre alte Story *The Green Splotches* von T. S. Stribling nach, der 1933 für das Buch *The Store* den Pulitzer-Preis erhielt. Verleger Gernsback legte sie sei-

Juni 1928

LINKS: **Januar 1928;** RECHTS: **Sommer 1931**

nen Lesern wärmstens ans Herz: „Falls uns jemand nach einer beispielhaften Science-fiction-Story fragen würde, würden wir gewiß ohne zu zögern *The Green Splotches* sagen. Hier ist eine Geschichte, die Wissenschaft mit Literatur in höchster Potenz verbindet." Im gleichen Heft wurden A. Merritt mit *Die Wesen in der Tiefe* und Edgar Rice Burroughs mit *The Land That Time Forgot* vorgestellt. Die Ausgabe vom Juni 1927 ist ein Sammlerstück, da sie den ersten Teil von Merritts legendärem Roman *Der Mondsee* enthält. Auch diesmal ziert ein Bild Frank R. Pauls den Umschlag.

1928 startete Gernsback die erfolgreiche Schwesterzeitschrift *Amazing Stories Annual* (später: *Amazing Stories Quarterly)* und verließ *Amazing,* um *Science Wonder Stories* zu gründen (s. S. 118). Er wurde Mitte 1929 durch Arthur Lynch ersetzt, dessen Tätigkeit aber nach fünf Ausgaben endete. Von November 1929 bis April 1938 redigierte T. O'Conor Sloane das Blatt und machte es zu einem permanenten Schlafmittel.

DIE PALMER-JAHRE

Im Juni 1938 machte *Amazing Stories* einen radikalen Wandel durch: Raymond A. Palmer, ein Fan der ersten Stunde, übernahm die Redaktion. Er wollte die Auflage steigern und neue Leser beim allgemeinen Publikum finden.

„Soweit das Grundthema auf wissenschaftlichen Erkenntnissen basiert", so sein Leitartikel, „wird *Amazing* im Kern ein Magazin der wahren Geschichten sein, doch auch Rasanz, spannende Abenteuer und Romantik werden einen Teil der zahlreichen noch kommenden Beiträge ausmachen."

Das rechts abgedruckte Titelbild war neuartig: Statt einer schwungvollen Farbzeichnung wählte Palmer ein Foto aus, auf dem ein Raumfahrer die bewußtlose Heldin über dem Arm trägt. (Wenn ich es mir 60 Jahre später anschaue, gefällt es mir noch immer.) Über die Rückseite (s. S. 112–113) schrieb er: „Wahrscheinlich wird sie Sie umhauen. Wir glauben, daß sie Ihnen helfen wird, sich klarzumachen, was in unserem Universum Entfernung wirklich bedeutet. Seitenlange Nullen und Begriffe wie ‚Lichtjahre' kann unser dürftiges Bewußtsein kaum richtig erfassen."

Die Innenillustrationen waren kindisch, aber man versöhnte die Fans mit Autorenbiographien und einer Korrespondenzecke, in der Leser mit besonderen Interessen – z.B. Astronomie oder Chemie – ihre Adresse angeben und nach Brieffreunden Ausschau halten konnten.

Man wählte die Aprilausgabe 1939 von *Amazing* aus, um sie auf dem Gelände der New Yorker Weltausstellung in einer Zeitkapsel zu vergraben,

Juni 1938

Dieses erstaunliche

Unser in unaufhörlicher Bewegung begriffenes Universum ist viel zu riesig, um es in den richtigen Proportionen darzustellen. Dazu bedürfte es eines über 100 Kilometer langen Blattes Papier! Obwohl dieses Bild deshalb die relativen Proportionen außer acht lassen muß, zeigt es die

ILLUSTRIERT VON HAROLD W. MC CAULEY

Universum

gewaltigen Entfernungen zwischen unserer Erde und ihren nächsten Nachbarn. Auch mit dem schnellsten Flugzeug der Welt (700 Kilometer pro Stunde) bräuchte man 24 Jahre, um zur Venus zu gelangen, und 957 Jahre bis zum Pluto! Weitere Details auf Seite 107.

RECHTE SEITE: **April 1939**

die man im Jahr 2039 wieder heben wollte – ich war dabei. (Ob sich 2039 noch jemand daran erinnert oder weiß, wo sie zu finden ist?)

Mit der Juliausgabe von 1940 verwendete Ray Palmer im Innenteil wieder Zeichnungen von Frank R. Paul und führte eine Reihe von Rückseitenbildern des Meisters ein, wofür ihm ewiger Dank gebührt. Das erste (s. S. 116) zeigt dickbäuchige, großohrige, mit Fühlern versehene Marsianer – so stellte man sie sich seit Mitte der 20er Jahre meist vor – bei der Bewunderung der Statue eines Erdbewohners, die nach ihrer wissenschaftlichen Theorie geschaffen wurde. Da Planet 3 (die Erde) zu drei Vierteln aus Wasser besteht, halten sie die Menschen logischerweise für Quasi-Amphibien. Aufgrund ihrer üppigen Nahrung sind sie angeblich „dicke, zufriedene Lebewesen mit langem Körper, einem patronenförmigen Kopf, kurzen Beinen und Schwimmhäuten ... Wir vom Mars können ziemlich neidisch auf die Erde und ihre Bewohner sein." Pauls Beschreibung der Erdenmenschen ist zum Brüllen komisch. In der unteren linken Ecke erblickt man – ohne spezielle Bedeutung für die Gesamtzeichnung – ein marsianisches Gemälde der Erde, wie man sie aus dem Weltraum sieht. Bis in die späten 60er Jahre hinein war die Erde, wenn man sie aus dem All sah, grün. Paul hatte sie blau gemalt!

Juli 1940

Im Januar 1942 wurde *Amazing* zwar um zehn Cents teurer, aber auch doppelt so dick. Das Titelbild im Juli 1943 stammte von McCauley und ist denkwürdig, weil es ein ausgezeichnetes Abbild des Redakteurs zeigt, der unter dem Pseudonym Alexander Blade die Titelnovelle *Carbon-Copy Killer* geschrieben und von Finlay hatte illustrieren lassen.

Die wichtigste Hinterlassenschaft der Palmer-Jahre ist möglicherweise der „Shaverismus". Im März 1945 begann Palmer mit der Veröffentlichung einer Serie aus der Fe-

SEVEN GREAT STORIES—All Complete
SEE BACK COVER
AMAZING STORIES
APRIL 20c
World Without Women
by THORNTON AYRE
Madness On Luna
by R. R. WINTERBOTHAM
REPP ★ BINDER ★ KUMMER

AS MARS SEES US

A Martian reconstruction of the Earthman, deduced from what he can discover of our world by observation and analysis, might very logically be such a creature as is shown here. (For complete explanation see page 144.)

der eines gewissen Richard S. Shaver. Die erste Folge hieß *I Remember Lemuria*. Bis zum August 1947 folgten ihr 17 weitere Erzählungen (später auch in anderen Zeitschriften).

Shaver war ein Problem. Schon viele Autoren hatten Geschichten veröffentlicht, deren Hauptfiguren als Kunstgriff behaupteten, ihre Erzählungen würden auf tatsächlichen Ereignissen basieren. Die Leser stellten einfach vorübergehend ihre Vorbehalte zurück und ließen sich mit auf die Reise nehmen. Doch Shaver (der Autor, nicht seine Figuren) behauptete, seine Geschichten seien *wahr.* In seinen Erzählungen wimmelte es von bösartigen, in unterirdischen Höhlen lebenden degenerierten Geschöpfen, die er „Deros" nannte, die die Menschheit angeblich auf abscheuliche Weise beeinflußten. Horden von Pseudofans wurden von Shavers Erzählungen angezogen wie ein Fliegenschwarm von einem Honigglas. Zur Freude Palmers und seines Verlegers stiegen die Verkaufszahlen raketengleich in die Höhe, und der Shaverismus wurde zu einem guten Geschäft. Die Deros waren die UFOs ihrer Zeit: zwielichtige teuflische Ungeheuer. In Kreisen echter Science-fiction-Leser stritt man sich schon über die Gültigkeit von Shavers Behauptungen. Palmer stärkte dem Autor den Rücken, und der Verleger interessierte sich natürlich mehr für steigende Verkaufszahlen als für den Frust „echter" Fans. In der Science-fiction-Szene brach ein Krieg aus. Als Palmer *Amazing* verließ, unterstützte er Shaver zwar weiter, doch Ende der 70er Jahre enthüllte er, der Autor sei Patient einer staatlichen Nervenklinik gewesen, in der man ihn aufgrund einer paranoiden Schizophrenie behandelt hatte.

LINKE SEITE: **Juli 1940**

Science Wonder Stories

Als Hugo Gernsback *Amazing Stories* an einen anderen Verleger abgeben mußte, schlug er sofort mit einem 25-Cent-Science-fiction-Magazin zurück, das ebenso spannend wie sein altes Periodikum war und *Science Wonder Stories* hieß. Die frühen Ausgaben von 1929 wiesen atemberaubende Titelbilder und tolle schwarzweiße Innenillustrationen von Frank R. Paul auf. Gernsback publizierte Autoren, die die Science-fiction-Szene inzwischen kannte und feierte: Jack Williamson, Stanton A. Coblentz, David H. Keller, Miles J. Breuer, Clifford D. Simak, Lawrence Manning, Ed Earl Repp, Francis Flagg, Henrik Dahl Juve – die Liste ist endlos. Und jene treuen Fans, die im voraus bestellten, wurden großzügig mit 50 % Preisermäßigung belohnt – und das *auf Lebenszeit!*

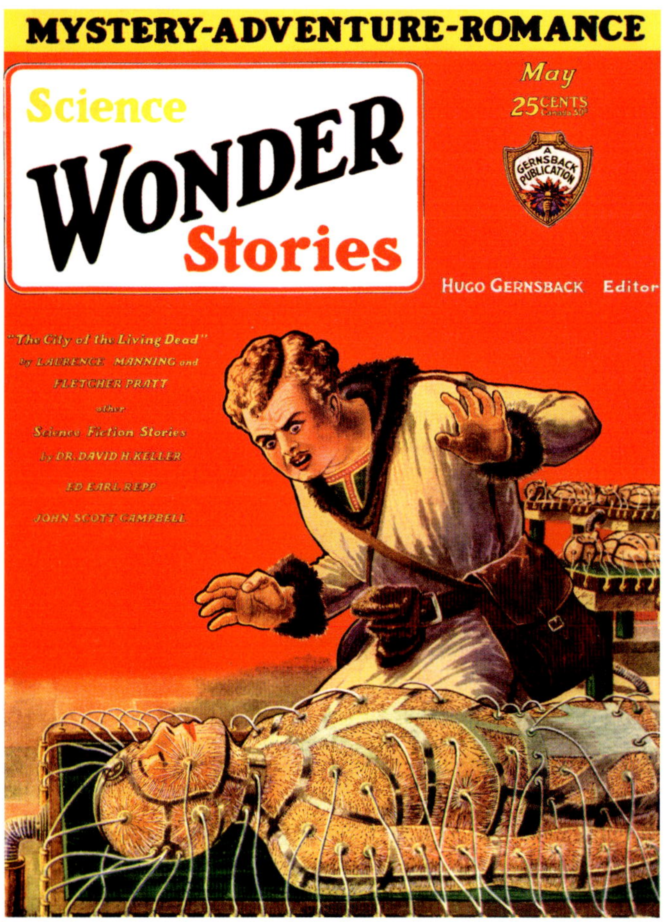

Die erste Nummer gab den Start eines vierteljährlich erscheinenden Science-fiction-Magazins bekannt: *Air Wonder Stories* war der Fliegerei verhaftet, wurde aber von denselben Autoren und Zeichnern gemacht. Leider hielt *Air Wonder Stories* nur elf Ausgaben durch, wurde dann mit *Science Wonder Stories* zusammengelegt und mutierte zu *Wonder Stories.*

Doch – Wunder über Wunder! – 1930 führte Gernsback noch ein Science-fiction-orientiertes Periodikum ein: *Scientific Detective Monthly* (später: *Amazing Detective Tales)* überlebte nur zehn Ausgaben und stellte Autoren wie Keller, Repp und den redaktionellen Mitarbeiter Arthur B. Reeve vor. Reeves Geschichten waren Nachdrucke und ursprünglich zwischen 1910 und 1918 in *Cosmopolitan* erschienen. Seine Serie drehte sich um Craig Kennedy, einen Wissenschaftler und Detektiv; seine Abenteuer erlebte er in Stories wie *The Body That Wouldn't Burn, The Seismograph Adventure, The Bacteriological Detective* und *The Terror in the Air.*

OBEN: **Herbst 1929;** UNTEN: **Mai 1930;** RECHTS: Mai 1930

The INFINITE BRAIN

by John C. Campbell

(Illustration by Paul)

It came suddenly, rushing with awful swiftness on the town. One great leg swung out with a push, breaking down telephone poles . . .

I HAD known Anton Des Roubles, off and on, for more than fifteen years and was his closest and perhaps only friend. At least, no one else came to visit him, excepting collectors whom he paid regularly. He never went out to theaters or parties and apparently had no relatives.

I met him in 1923, when I was employed by a machinists' supply house with which he dealt, and so had occasion to take orders for and sometimes execute delicate work that he wanted. It was perhaps our mutual interest in mechanics that did the most towards bringing us together.

JOHN C. CAMPBELL

For my part I was immensely curious as to what Anton was working on. He seemed interested in automatons and derived considerable income from a patent covering an automatic time clock and burglar alarm system. His apartment was taken up mostly with a sort of laboratory, where he conducted various experiments. He was saved from expulsion from the apartment only by the high rent he paid. In fact his erratic turn of mind often led to annoying and sometimes grotesque results.

The people in the apartment below were constantly complaining about the hum of motors at all hours of the night, which complaints Anton silenced with pecuniary mufflers to the landlord. But one night matters came to a state where even money could not prevent trouble.

A number of young midnight revelers, returning from some roadhouse, came face to face with the most terrible apparition in the dim upper hall. It was shaped like a man but walked upon legs made of jointed steel rods. Its body, they said, looked like clockwork and it walked slowly and deliberately toward them. All were partly intoxicated and one of them grabbed the strange object. The thing at once struck him a terrific blow in the shoulder, throwing him to the floor. Later they told the police that it had stood still just like an animal at bay, and had waved its long feelers about, striking with lightning-like blows at whatever it touched. It hit another man, stunning him, and then struck the wall twice, after which it fell to the floor and lay still.

THE young people, horrified at the thing, had fled downstairs, where the janitor notified the police. When the latter came in, the midnight wanderer was not in the hall; but it took little searching to locate it in Des Roubles' apartment. Des Roubles was summoned to Court, but as no charge could be brought against him, he was released.

Reading the account of the episode in the papers, I went, on the morrow, to the apartment to see this mechanical wonder. With some pride my friend showed me the thing.

It stood in a corner, suspended by a wire from the ceiling, like skeletons hung about in laboratories. One arm was off, lying on a bench where some repairs were being made. In place of a head, the weird thing had a score of rods, arranged in a circle, and connected to an equal number of long slender feelers of varying lengths. Anton, for once, was disposed to be communicative.

"You see," he explained, as we sat in his living room, enjoying our iced tea and cigars, "this machine is only the first step in what I am working toward. I suppose I am the only person in the world spending money upon such a fool thing, but I feel that every day brings me nearer my goal."

He smiled, and as he was evidently mellowed by my Corona cigar, I put a question I had long premeditated:

"But what are you working toward? I can't see any purpose, beyond novelty, in all this, Anton."

Anton laughed. "Really, Gene, I shouldn't keep you on pins and needles so long. I don't know why I haven't told you long ago. Well, now that the Press has part of my secret, there's no use hiding it any longer. I'll tell you all about it."

I leaned forward, wondering what he would say.

"You see, Gene," he began, "this is only a diversion, as it were, from my real work. The work itself is this: I am attempting to construct a mechanism exactly duplicating the mechanical and electrical processes occurring in the human brain and constituting the phenomena known as *thought.*"

He stopped, observing my sudden surprise. "Now, that may sound rather deep, but it isn't really; at least the principle isn't. I am trying to make a mechanical brain, that will think, reason, remember, have likes and dislikes, loves and hates; that can read, write, appreciate a joke, or smoke a cigar."

I was perfectly amazed at the idea. In all that whirl of thoughts, I seized upon one I could understand. "But how could a cigar . . ."

Anton Explains

"TUSH! tush!" said Anton, "forget the cigar. I haven't attained my goal yet, so I don't know how a cigar would work. However, I have gone quite a way. I have

ONCE in a great while a story comes along that, for sheer originality and uniqueness, immediately commands respect.

We believe the present story to be one of this kind and in our opinion it is easily one of the great science fiction stories of the year.

The "Infinite Brain" is a tremendous story from beginning to end. Not only is it quite original but it is a dashing story of great adventure. And, if we do not miss our guess, it will be one of the most discussed stories of the year.

And lest you jump to the conclusion that intelligent, or quasi-intelligent, machines are pure figments of the imagination, remember that already, today, we have machines that can "think" faster and better than any human being. Adding, multiplying, and dividing machines and even machines to work problems in calculus do many things far better than the human brain can.

If you have visited a modern automatic telephone exchange, it will be brought home to you that, indeed, here is another intelligent machine that "thinks" straight and makes no mistakes.

There is in use today a tide-predicting and calculating machine used by the United States Government, which machine is universally recognized as doing the work of a number of men in calculating and solving the most intricate problems.

There is no question that, in the future, even more wonderful machines will be evolved along these lines.

LINKS: **November 1930;** RECHTS: **Mai 1934**

Februar 1930

Oktober 1939

Winter 1946

Thrilling Wonder Stories

Gernsbacks *Wonder Stories* hatte zwar im April 1936 ins Gras gebissen, war aber bald darauf unter dem neuen Redakteur Mort Weisinger wieder da. Format, Inhalt und Titel waren neu. *Thrilling Wonder Stories* war ein echter Reißer und scherte sich keinen Deut um wissenschaftliche Genauigkeit. Vertraute Namen tauchten auf: Arthur J. Burks, John Wood Campbell jr., Ray Cummings, Ralph Milne Farley, Edmond Hamilton, Henry Kuttner, Murray Leinster, Frank Belknap Long, A. Merritt, Stanley

Oktober 1936

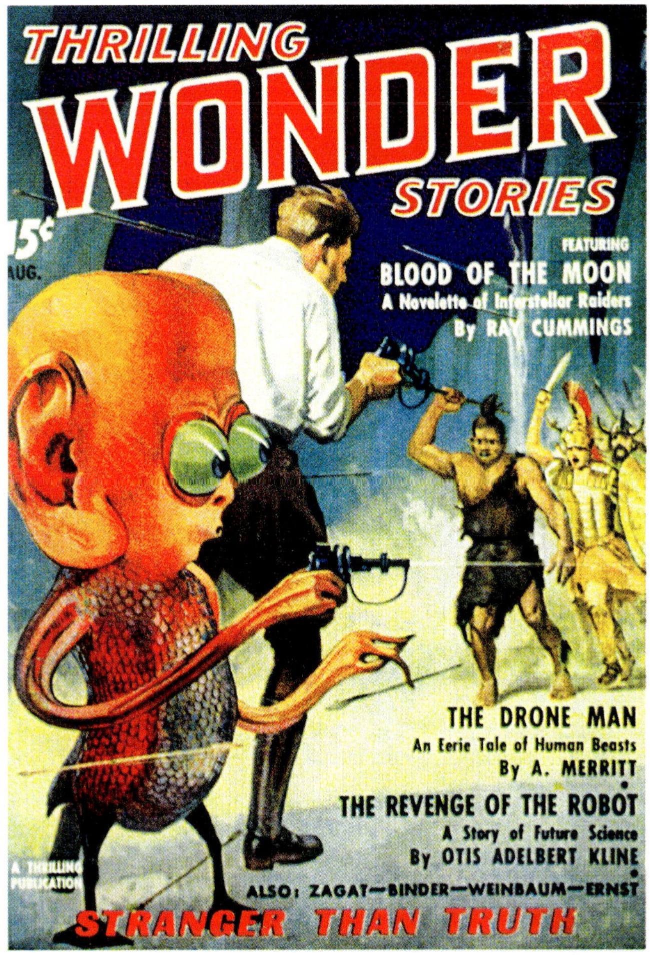

August 1936

G. Weinbaum, Jack Williamson, Manley Wade Wellman, Arthur Leo Zagat.

Thrilling Wonder Stories hielt die Fans über die Umtriebe der Science-Fiction-Gemeinde auf dem laufenden. Andere Rubriken boten eine Tauschseite, eine Rezensionsspalte und eine Zeitlang eine Kolumne, die sich „Die Story hinter der Story“ nannte: Hier enthüllten die Autoren, wie diese und jene Erzählung entstanden war. Es gab auch einen kurzlebigen Bild-Story-Beitrag, den ich heute als Science-fiction-Comic bezeichnen würde. Er hieß *Zarnak* und stammte von Max Plaisted. *Zarnak* war ein *Flash Gordon* für Arme. *Thrilling Wonder Stories* erschien Monat für Monat, Jahr für Jahr, änderte sich praktisch nie und gab den

Aus *Thrilling Wonder Stories* (Oktoberausgabe 1939): die führenden Köpfe des 1. Science-fiction-Weltkongresses.

OBEN, VON LINKS NACH RECHTS: **Sam Moskowitz (Tagungsleiter), Will S. Sykora, James V. Taurasi, Forrest J. Ackerman.**

UNTEN, VON LINKS NACH RECHTS: **Jack Darrow, Morojo (Myrtle Douglas), Julius Schwartz, Mario Racic jr.**

Lesern offenbar das, was sie haben wollten. Hin und wieder druckte man sogar Leserbriefe von Forrest J. Ackerman ab.

Die Oktobernummer 1939 beschrieb den 1. Science-fiction-Weltkongreß in leuchtenden Farben und veröffentlichte eine Fotoseite von acht Teilnehmern. Mindestens fünf davon – Sam Moskowitz, Will S. Sykora, James V. Taurasi, Morojo und der Filmexperte Mario Racic jr. – sind inzwischen tot. Was aus Jack Darrow geworden ist, scheint niemand zu wissen. Die beiden letzten, Julius Schwartz und ich, tun noch so, als seien wir am Leben.

Thrilling Wonder Stories tuckerte bis 1955 weiter, ebenso wie die im Januar 1939 gegründete Schwesterzeitschrift *Startling Stories,* die praktisch das gleiche Magazin unter einem anderem Namen war.

Frühjahr 1944

Introducing—

ASTOUNDING STORIES

What *are* "astounding" stories?

Well, if you lived in Europe in 1490, and someone told you the earth was round and moved around the sun —that would have been an "astounding" story.

Or if you lived in 1840, and were told that some day men a thousand miles apart would be able to talk to each other through a little wire—or without any wire at all—that would have been another.

Or if, in 1900, they predicted ocean-crossing airplanes and submarines, world-girdling Zeppelins, sixty-story buildings, radio, metal that can be made to resist gravity and float in the air—these would have been other "astounding" stories.

To-day, time has gone by, and all these things are commonplace. That is the only real difference between the astounding and the commonplace—Time.

To-morrow, more astounding things are going to happen. Your children—or their children—are going to take a trip to the moon. They will be able to render themselves invisible—a problem that has already been partly solved. They will be able to disintegrate their bodies in New York and re-integrate them in China—and in a matter of seconds.

Astounding? Indeed, yes.

Impossible? Well—television would have been impossible, almost unthinkable, ten years ago.

Now you will see the kind of magazine that it is our pleasure to offer you beginning with this, the first number of ASTOUNDING STORIES.

It is a magazine whose stories will anticipate the super-scientific achievements of To-morrow—whose stories will not only be strictly accurate in their science but will be vividly, dramatically and thrillingly told.

Already we have secured stories by some of the finest writers of fantasy in the world—men such as Ray Cummings, Murray Leinster, Captain S. P. Meek, Harl Vincent, R. F. Starzl and Victor Rousseau.

So—order your next month's copy of ASTOUNDING STORIES in advance!

—The Editor.

Leitartikel vom Januar 1930

Januar 1930

Juli 1931

Astounding Stories

DIE BATES-ÄRA

Das Jahr 1930 begann mit der Vorstellung eines neuen Science-fiction-Magazins, das *Amazing Stories* und *Science Wonder Stories* Konkurrenz machen sollte. Die Macher von *Astounding Stories of Super-Science* gaben zwar nie ein Vierteljahresblatt heraus wie ihr Rivale, aber dafür wurde das neue 20-Cent-Pulp-Magazin sofort zu einem starken Konkurrenten in der Science-fiction-Szene. Harry Bates, der Redakteur, wurde später berühmt für seine Story *Abschied vom Herrn*, nach der der Science-fiction-Filmklassiker *Der Tag, an dem die Erde stillstand (The Day the Earth Stood Still*, 1951) gedreht wurde. Der beliebte Zeichner Wesso malte die ersten Titelbilder, und die Stories stammten von wohlbekannten Autoren wie Ray Cummings, Murray Leinster und Victor Rousseau.

November 1937

Das erste Jahr sah viele Höhepunkte. In der Ausgabe vom Februar 1930 erschien die erste Story der Autorin Sophie Wenzel Ellis (die 20 Jahre später zu meinen Klienten gehörte).

In der Ausgabe vom August 1930 schreibt der Autor Jack Williamson auf der Leserbriefseite über eine vorherige Nummer, sie habe ihm ausnahmslos gefallen, und er schätze die „literarische Qualität als überraschend hoch“ ein. (Auch gegen Ende des 20. Jahrhunderts werden Jack Williamsons hochwertige Stories noch publiziert.)

Die Novemberausgabe von 1930 enthält einen langen, fundierten Brief von P. Schuyler Miller, in dem er sich als Science-fiction-Fan, Chemiestudent und „künftiger Autor“ bezeichnet. (Im April 1936 drang er schließlich mit *The Chrysalis* in den Innenteil von *Astounding* vor und war später jahrelang der beliebteste Rezensent, den das Magazin je publizierte.)

Ein Jahr nach dem Start wurde aus *Astounding Stories of Super-Science* einfach *Astounding Stories.* Gegen Ende des Jahres erschien dort eine Novelle mit dem Titel *Hawk Carse*, eine Space opera, die die Leser begeisterte. Drei weitere Carse-Erzählungen folgten und lösten ein Ratespiel von galaktischen Dimensionen aus: Wer war der geheimnisvolle Autor Anthony Gilmore? Die Fans spekulierten noch 1934 über seine Identität.

Als ich – wie damals bei fast allen Science-fiction-Autoren – per Postkarte um ein Autogramm bat, erhielt ich eine maschinengeschriebene Notiz: „Aber Anthony Gilmore sind *zwei* Personen!“ Schließlich kam heraus, daß die beiden Koautoren keine anderen waren als der Redakteur Harry Bates und sein Assistent

Desmond W. Hall. Die vier Stories erschienen als Buch unter dem Titel *Der unsichtbare Asteroid* (1932).

Mitte 1932 zwangen wirtschaftliche Probleme *Astounding* zu Einsparungen, so daß es nur noch alle zwei Monate erschien. Die Märzausgabe 1933 brachte die zeitweilige Einstellung.

DIE TREMAINE-ÄRA

Ende 1933 war *Astounding* wieder da. Am Ruder stand mit dem 34jährigen F. Orlin Tremaine ein neuer Redakteur, und es gab mit Street & Smith einen neuen Verlag. Die Novemberausgabe überraschte die Leser mit einer ganzseitigen Anzeige, die verkündete, die nächste Nummer werde „eine Story enthalten, die mehr Kontroversen auslösen wird als jede andere bisher in einem Science-fiction-Magazin publizierte". Sie hieß *Ancestral Voices*, stammte von Nat Schachner und war die erste einer Reihe sogenannter „Denkvarianten"-Stories, über die der Redakteur schrieb: „Es ist unser Ziel, Ihnen jeden Monat eine Story zu bieten, die eine neue und unerforschte ‚Denkvariante' des Science-fiction-Genres enthält." In seinem bahnbrechenden Buch *A Requiem for Astounding* bezeichnet Alva Rogers die erste Denkvariante als „bemerkenswerte Story und eine der ersten des soziologisch orientierten Typs der Science-fiction, die die 40er Jahre beherrschten".

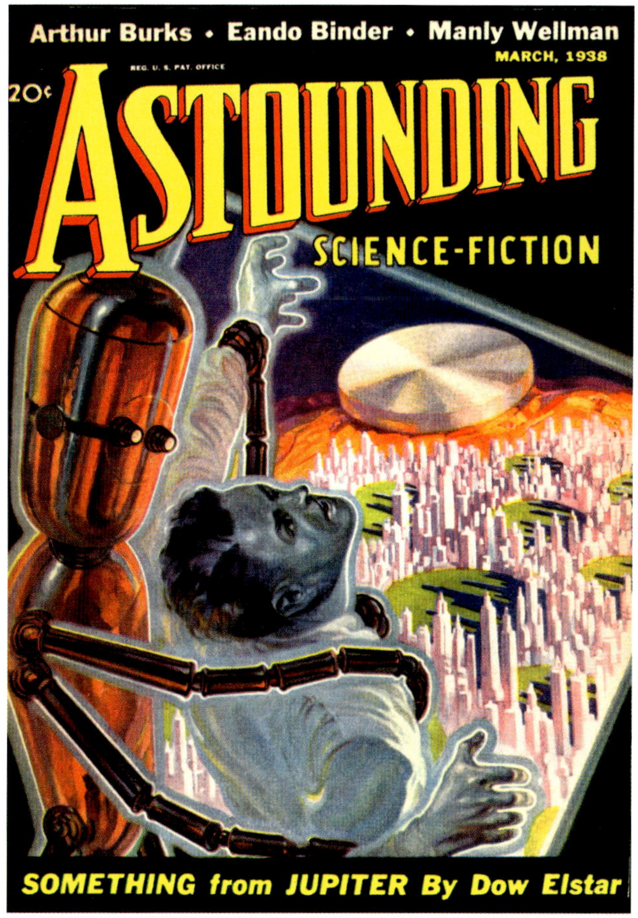

März 1938

Eine weitere Story dieser Art war Donald Wandreis *Colossus* (Januar 1934), in der der Held immer weiter wächst, bis er so gigantisch wird, daß er die Begrenzung des Universums sprengt und sich in einem größeren wiederfindet, in dem das unsere nur ein Atom ist. Die Ausgabe vom März 1934 brachte zwei solcher Geschichten: *The Man Who Stopped the Dust* (mit katastrophalen Folgen) des Briten John Russell Fearn und *Born of the Sun* von keinem Geringeren als Jack Williamson. (Die Nummer war auch bemerkenswert, weil sie statt 144 ganze 160 Seiten umfaßte und mit 20 Cent weniger kostete als die Konkurrenzblätter.) Weitere Denkvarianten-Stories waren Nat Schachners *He from Procyon* (April 1934) und Murray Leinsters *Quer durch die Zeit* (Juni 1934).

Zwischen 1935 und 1937 publizierte *Astounding* unvergeßliche Werke wie John Taines Fortsetzungsroman *Twelve Eighty-Seven*, zahlreiche Kurzgeschichten von John Campbell unter dem Pseudonym Don A. Stuart, mehrere Weinbaum-Klassiker, den *Weird-Tales*-Favoriten H. P. Lovecraft mit seinem berühmten *Berge des Wahnsinns* und *Der Schatten aus der Zeit*, außerdem Harry Bates' Glanzleistung vom Untergang des Übermenschen, *Alas, All Thinking*. Bates verlegte seine Geschichte in eine drei Millionen Jahre entfernte Zukunft. 1937 debütierten L. Sprague de Camp und Eric Frank Russell und kamen gut an. Der freiwillig ins Exil gegangene deutsche Raketenpionier Willy Ley lieferte beispielhafte wissenschaftliche Aufsätze.

DIE CAMPBELL-ÄRA

Im November 1937 schenkte uns der Autor und neue Redakteur John Wood Campbell jr. das Goldene Zeitalter, ein wahres Feuerwerk der besten Science-fiction-Autoren aller Zeiten und ihrer prächtigen Stories. Campbell präsentierte der aufgeschlossenen, ständig wachsenden Leserschaft folgende klassische Titel: Isaac Asimovs *Einbruch der Nacht* und die *Foundation*-Serie; Robert A. Heinleins *Im Kreis* unter dem Pseudonym Anson MacDonald; *Fifty Million Monkeys* und *Renaissance* von Raymond F. Jones; Henry Kuttners *Gar elump war der Pluckerwank* unter dem Pseudonym Lewis Padgett; C. L. Moores *Keine Frau ward je geboren*; Theodore Sturgeons *Das Maschinenungeheuer* sowie A. E. van Vogts *Slan* und *Schwarzer Verheerer*.

Zudem veröffentlichte Campbell erstklassige Science-fiction von etablierten Autoren: Seine eigene Story *Das Ding aus einer anderen Welt* – die Vorlage für den gleichnamigen Film unter dem Pseudonym Don A. Stuart; *Metamorphose* von Eric Frank Russell sowie E. E. Smiths *Das Erbe der Lens* sind meine Favoriten. Auch Ray Bradbury trug unter Campbells Ägide drei Stories zu *Astounding* bei: *Eat, Drink, and Be Wary* (Juli 1942), *And Watch the Fountains Play* (September 1942) und *Doodad* (September 1943).

Ab März 1938 hieß das Magazin *Astounding Science Fiction,* ab 1960 *Analog Science Fiction – Science Fact.* Heute kennt man es nur noch als *Analog.* Es hat im Laufe der Jahre Hunderte von exzellenten Autoren publiziert; die von mir erwähnten sind bloß die Spitze des Eisbergs. Doch aus der Campbell-Ära fällt mir noch ein Autor ein: L. Ron Hubbard.

Hubbards erste Story, *Die negative Dimension,* erschien im Juli 1938. Seine beliebtesten *Astounding*-Stories waren *Final Blackout* (April 1940), eine Story aus dem Dritten Weltkrieg, in der sich ein junger Leutnant zum Diktator Englands aufschwingt und die von Robert A. Heinlein als „perfekte Science-fiction-Story" gepriesen wurde, sowie seine Serie um Doc Methusalem (1947–1950). Als Hubbard 1950 das Sachbuch *Dianetik – die moderne Wissenschaft von der geistigen Gesundheit* schrieb, wandte sich auch A. E. van Vogt dieser Bewegung zu.

Campbell stärkte Hubbard trotz zynischer Reaktionen von Lesern und Kritikern den Rücken. Doch litt *Astounding* langfristig nicht darunter, da er die hohe Qualität des Magazins bis zu seinem Tod (1971) halten konnte. Jack Williamson sagte nach Campbells Tod: „Science-fiction war sein Leben ... Wells hat das Genre etabliert und definiert ... Gernsback hat ihm den Namen verliehen; Campbell ist der dritte wichtige Name in der Geschichte des Genres. Die gesamte Science-fiction-Szene steht in seiner Schuld."

Juli 1964

L. RON HUBBARD

Meine Frau Wendayne und ich waren mit L. Ron Hubbard gut bekannt.

Ich war vor dem Aufkommen der Dianetik für kurze Zeit sein Literaturagent. *Gefangen in Raum und Zeit (Astounding Science Fiction,* Februar 1950) und *Masters of Sleep (Fantastic Adventures,* Oktober 1950) waren zwei der besseren Werke, bei deren Veröffentlichung ich half. Ich habe die Mehrheit seiner Erzählungen immer für durchschnittliche Unterhaltungslektüre gehalten. Hubbard verfaßte nie ein klassisches Science-fiction-Meisterwerk von gelehrter Philosophie und gesellschaftlicher Verantwortung, auch keinen Entwurf für ein besseres Morgen. Er hat einfach nur unterhaltsame Stories geschrieben. Privat war er gut zu mir. In seinem letzten Lebensjahrzehnt bot er mir zu meinem Erstaunen an, ich solle 50 % seiner Nachdruckhonorare als Provision einbehalten.

Seine gegenwärtigen literarischen Vertreter, die über grenzenlose Geldmittel verfügen, haben Wunder vollbracht. Sein Werk wurde inzwischen in ebenso viele Sprachen übersetzt wie die von Edgar Rice Burroughs (auch ins Chinesische), und auf dem Hollywood Boulevard hat er ein eigenes Museum.

Ich bin zwar kein Anhänger der Dianetik bzw. Scientology, habe aber in der Frühzeit dieser Bewegung persönlich einige Erfahrungen gemacht, die einen positiven Eindruck hinterlassen haben, obwohl der Zyniker in mir anders reagiert.

Beispielsweise bot mir A. E. van Vogt, als ich kurz vor meinem 50. Geburtstag eine Reihe von Herzanfällen erlitt, freundlicherweise kostenlose dianetische Aufbausitzungen an, von denen ich glaube, daß sie mir gutgetan haben.

Wendayne absolvierte Hubbards ersten Dianetikkurs in Los Angeles und gehörte zu den ersten geprüften Auditoren. Sie heilte rasch meine Hundephobie; schließlich konnte ich sogar einen ausgewachsenen Löwen streicheln.

Während dieser Zeit erlebte ich auch mit, wie Wendayne einer Frau half, die mehrere Jahre lang ohne greifbares Resultat für die Behandlung ihrer erwachsenen Tochter Tausende von Dollars an mehrere Psychiater gezahlt hatte: Meine Frau stieß während einer Reihe interessanter – und preiswerter – Sitzungen zum Kern der Psychose der Tochter vor und befreite sie von ihrem sprunghaften Verhalten. Wendayne kniete sich in die Sache hinein und bewirkte bei einzelnen Personen nicht nur in Los Angeles, sondern auch in London kleine Wunder. Sie hörte schließlich auf, da die Sitzungen sie zu sehr auslaugten.

Sonstige Pulps

Super Science Stories erschien im März 1940 und favorisierte als Autoren viele Freunde des Redakteurs Frederik Pohl. Der Titel wurde 1941 für drei Ausgaben in *Super Science Novels* geändert, kehrte aber dann bis zur Einstellung (1943) zum alten zurück. In der zweiten Phase (15 Ausgaben zwischen Januar 1949 und August 1951) wurde das Magazin von Ejler Jakobsson redigiert. Pohl und Jakobsson waren später auch als Redakteure für *Galaxy* (s. S. 133 oben) tätig.

Comet Stories brachte unter dem Ex-*Astounding*-Redakteur F. Orlin Tremaine zwischen Dezember 1940 und Juli 1941 fünf Nummern heraus und Schande über sich, da es den Preis nicht vergab, der jenem Fan mit der weitesten Anreise zum Sciencefiction-Weltkongreß von 1941 zugesagt worden war.

Famous Fantastic Mysteries startete Ende 1939 unter der Redaktion von Mary Gnaedinger und war rund 15 Jahre auf dem Markt. Der Verleger Frank A. Munsey war vom späten 19. Jahr-

Mai 1943

Februar 1950

Mai 1943

April–Mai 1939

Frühjahr 1940

hundert bis in die 20er Jahre hinein für *Argosy* und *All-Story* verantwortlich. *FFM* druckte berühmte Stories von Autoren wie Ray Cummings, George Allen England, Homer Eon Flint, Austin Hall, A. Merritt und Francis Stevens aus *Argosy* nach und illustrierte sie mit ansprechenden Zeichnungen von Frank R. Paul, Virgil Finlay und Lawrence. Das Schwestermagazin *Fantastic Novels* stellte längere Werke alter Meister vor.

Science Fiction und *Future Fiction* erschienen im März bzw. November 1939, beide unter der Ägide des Wunderknaben Charles D. Hornig (der 1933 im Alter von 17 Jahren Redakteur von *Wonder Stories* geworden war). *Science Fiction* wurde nach zwölf Ausgaben eingestellt, *Future Fiction* mit Nr. 17. Hornigs Nachfolger, Robert A. W. Lowndes, erweckte *Future Science Fiction* von 1950 bis 1960 zu neuem Leben. Nur wenige der dort erschienenen Stories sind wichtig, doch die Illustrationen von Frank R. Paul und Hannes Bok waren ein Lichtblick.

Marvel (1938–1941: *Marvel Science Stories, Marvel Tales* und *Marvel Stories;* 1950–1952: *Marvel Stories* und *Marvel Science Fiction)* ist berühmt wegen Arthur J. Burks' starker Zukunftskriegstory *Survival*, ihrer Fortsetzung *Exodus* und wegen des einmaligen Versuchs, mit beißend-scharfen Erzählungen von Burks, Ray Cummings und Jack Williamson, Cummings (als Ray King) und Williamson (als Williamson und Nils O. Sonderlund) Sex und Science-fiction zu mischen.

Planet Stories, erstmals Ende 1939 publiziert, brachte interplanetarische Erzählungen, darunter auch einige gute von Isaac Asimov, Leigh Brackett, Ray Bradbury und Albert DePiña. Irgendwann in den 40er Jahren veröffentlichte der gesellschaftlich engagierte und fortschrittliche Redakteur Paul Payne die Story eines ebenso liberalen Autors, in der ein Schwarzer *keine* Dienerrolle spielt und auch nicht als Blödmann agiert, wie damals im Film üblich. Sein Schwarzer ist ein ganz normaler Mensch und steht mit den anderen Charakteren auf einer Stufe. Ein erboster Eiferer schrieb daraufhin einen (auch abgedruckten) Leserbrief, in dem er sich über die „Erhöhung eines Schwarzen zum Menschen" erregte. Zahlreiche Leser fielen über ihn her, darunter auch einer, dessen Name vermuten ließ, daß er Jude war. Der Eiferer verkündete schäumend, Juden gehörten in die gleiche „Untermenschenkategorie wie Neger“. Der Jude buchte einen Rückflug von Los Angeles in die Stadt dieses Individuums, fuhr mit einem Taxi zu seinem Haus, klopfte an seine Wohnungstür, verpaßte ihm einen Kinnhaken, kehrte ins wartende Taxi zurück und nahm die nächste Maschine nach Hause.

November 1950

Boucher und Gold

In den 50er Jahren tauchten im Zeitraum von etwa einem Jahr zwei sehr unterschiedliche Persönlichkeiten als Redakteure in der Szene auf. Beide waren zuvor nur als exzellente Autoren bekannt gewesen; nun leiteten sie zwei Science-fiction Magazine, die bald zu den wichtigsten aller Zeiten werden sollten: Anthony Bouchers *Magazine of Fantasy & Science Fiction* und H. L. Golds *Galaxy.* Boucher war der liebste, sanfteste und aufmerksamste Redakteur, der das Genre je beehrt hat; Gold war so aufbrausend und beleidigend wie eine Wiedergeburt des Marquis de Sade. „Ackerman, du bist über alle Maßen bösartig!“ beschwerte er sich eines Tages bei mir, da er glaubte, ich hätte *Galaxy* über Gebühr heruntergemacht. (Bei einer späteren Begegnung stand er bei einem literarischen Essen auf, bat mich, sein Agent zu werden, und küßte mich auf die Stirn.) Das, was Fritz Lang für den Film war, war Gold für die Magazine; so wie Peter Cushing im wirklichen Leben war, war Boucher als Redakteur. Beide gaben überragende Zeitschriften heraus. Gold, der zum Soziologischen und Psychologischen neigte, druckte überwältigende Meisterwerke: Ray Bradburys *The Fireman* (auf dem *Fahrenheit 451* basiert), Robert Heinleins *Das verrückte Jahr*, Richard Mathesons *Frauen haben immer recht*, Theodore Sturgeons *Baby ist drei*, Alfred Besters *Tiger! Tiger!*, Pohls und Kornbluths *Eine Handvoll Venus und ehrbare Kaufleute* und viele andere. Boucher tat es ihm gleich mit Klassikern wie John Anthonys *The Hypnoglyph*, G. Gordon Deweys *The Tooth* (eine außergewöhnliche Geschichte, die vom Ende zum Anfang hin erzählt wird), Philip K. Dicks *Das Vater-Ding*, Philip José Farmers *Der Müllkutscher*, Damon Knights *A for Anything*, Fritz Leibers *Die programmierten Musen* und Dutzenden weiteren.

Januar 1976

Januar 1951, November 1975

In den 50er Jahren schaffte *Galaxy* etwas, was anderen neuen Blättern in den 30er und 40er Jahren nie gelungen war: Es machte *Astounding Science Fiction* ernsthaft Konkurrenz. 1980 wurde die Zeitschrift eingestellt. *The Magazine of Fantasy and Science Fiction* existiert noch heute und ist ein starkes Forum für den literarischen Wert der Science-fiction als Genre. John Clute meint in *Science-fiction: Die illustrierte Enzyklopädie,* das Magazin sei seit fast einem halben Jahrhundert als Heimat vieler der besten amerikanischen Kurzgeschichten anerkannt.

In den letzten Jahren vollbrachte Kristine Kathryn Rusch als Redakteurin von *Fantasy and Science Fiction* Außerordentliches, ehe sie sich zurückzog, um ihr Talent dem Schreiben zu widmen. Sie zählt neben Cele Goldsmith *(Amazing),* Mary Gnaedinger *(Famous Fantastic Mysteries)* und Bea Mahaffey *(Other Worlds* und *Imagination)* zu den besten Redakteurinnen aller Zeiten.

Die Briten kommen

England trat in den 50er Jahren mit den Science-fiction-Magazinen *Tales of Wonder, New Worlds* und *Authentic Science Fiction* auf den Plan, die allesamt amerikanische Science-fiction nachdruckten und eigene Talente wie Arthur C. Clarke, Eric Frank Russell und William F. Temple förderten. *Nebula Science Fiction* wurde in Schottland gemacht und brachte eine ähnliche Mischung wie *Authentic.* Ich schrieb eine regelmäßige Science-fiction-Film-Kolumne für *Nebula* und kommentierte in *Authentic* Ereignisse aus den USA.

Februar 1953

April 1955

4. KAPITEL

SCIENCE-FICTION AUF DER LEINWAND

Einer der ersten Science-fiction-Filme war der Drei-Minuten-Streifen *La Lune à un Mètre* (1899) des Trickpioniers und Regisseurs Georges Méliès. Drei Jahre später drehte er die 16 Minuten lange *Reise zum Mond (Le Voyage dans la Lune)*, einen Film, der auf Jules Vernes *Von der Erde zum Mond* (1865) und H. G. Wells' *The First Men in the Moon* (1901) basiert. Méliès' *Reise* ist bis heute erhalten und zählt zu jenen etwa 100jährigen Filmen, die man am häufigsten zu sehen bekommt. Die wie Heuschrecken auf einem heißen Blechdach herumhopsenden Seleniten sind urkomisch, und der Mann im Mond, in dessen Auge eine Rakete landet, ist ein klassischer Gag.

Der britische Film adaptierte H. G. Wells' *First Men in the Moon* 1919, und ein Jahr später präsentierten die bekannten Bray-Studios in den USA den Kurzstummfilm *First Man to the Moon.* Bereits 1917 war in der dänischen Produktion *Das Himmelsschiff (Himmelskibet)* eine Rakete zum Mars geflogen, hatte auf dem roten Planeten eine utopische Gesellschaft entdeckt und einen marsianischen Gesandten mit zur Erde genommen. Die Bray-Studios waren 1922 mit dem phantasievollen Einakter *The Sky Splitter* wieder da: Ein Raumschiff landet auf einem fernen Planeten, und als der Pilot durch ein Teleskop blickt, sieht er sich selbst ankommen!

Zu den interplanetarischen bzw. interstellaren Reisen vor den 30er Jahren zählt *A Trip to Mars*

1968 bombardierte man die Öffentlichkeit mit dem Bild, das für *2001: Odyssee im Weltraum* warb. MGM ließ es überall ankleben, um die 10,5 Millionen Dollar wieder hereinzuholen, die man in den Film investiert hatte (LINKE SEITE).

UNTEN: **Ein bekanntes Bild aus Méliès' *Die Reise zum Mond (Le Voyage dans la Lune).***

Bilder aus drei frühen Science-fiction-Filmen.
VON OBEN NACH UNTEN: **Eine Gruppe raumfahrender Ballettratten aus *Die Reise zum Mond;* der „Star“ aus *Sky Splitter* (1922); und Regisseur Fritz Lang (hinter der Kamera) bei den Aufnahmen zu *Die Frau im Mond.***

(viermal verfilmt, zuerst 1903, dann 1910 von Thomas Alva Edison mit Marsmenschen und Baummonstern, schließlich 1920 parallele dänische und italienische „Reisen“). In *Voyage autour d'une Étoile* (Frankreich 1906) wird ein Astronom in einer Seifenblase transportiert. 1924 treten die Sowjets auf den Plan und starten in der auf einem Roman von Alexej Tolstoi basierenden Komödie *Aelita – Der Flug zum Mars* natürlich zum *roten* Planeten. Der Film existiert noch, ist in besseren Videotheken zu haben und hauptsächlich aufgrund der marsianischen Eleganz denkwürdig. Im gleichen Jahr hieß es bei Bray *All Aboard for the Moon* (in einer chemisch angetriebenen Rakete).

1923 faszinierte *M. A. R. S.* (auch: *Mars Calling, The Man from Mars* bzw. *Radio-Mania)* das Publikum mit dem ersten Science-fiction-Film im 3-D-Verfahren. Ein Erfinder nimmt in einer Traumsequenz Kontakt mit den Marsianern auf. Sie verraten ihm mehrere Geheimnisse ihrer hochentwickelten Kultur – z. B. ein Verfahren, mit dem man Kohlen in eiergroße Diamanten und Lehm in Gold verwandeln kann. Die Marsbewohner sind langschädelige Individuen mit großen Ohren und geistigen Fähigkeiten, die denen der Menschheit um mehr als 1000 Jahre voraus sind.

Für den Film *Die Frau im Mond* (1929) erfand der österreichische Regisseur Fritz Lang den Countdown: 10–9–8–7–6–5–4–3–2–1 – Start!

Die 30er und 40er Jahre brachten relativ wenige interplanetarische Reisen: *Flash Gordon* (1936) zieht es zum Planeten Mongo; die Fortsetzung *Flash Gordon's Trip to Mars* (1938) und *Buck Rogers* (1939), in dem Buck im 25. Jahrhundert den Saturn besucht, waren die größten Erfolge. In den 40er Jahren eroberte Flash Gordon in *Flash Gordon Conquers the Universe* (1940) das Universum, man sah eine Besetzung durch Außerirdische in *The*

Purple Monster Strikes (1945) sowie *Superman* (1948) vom Planeten Krypton. Wer sich fragt, warum in dieser Comic-Helden-Auflistung einige Filme fehlen, der sei daran erinnert, daß *The Adventures of Captain Marvel* (1941), *Batman* (1943) und *Captain America* (1944) eher Fantasy als Science-fiction sind.

In den 50er Jahren hob die Weltraumfahrt richtig ab. 19 Jahre vor *Apollo 11* und dem ersten Spaziergang auf dem Mond lieferte *Endstation Mond (Destination Moon)* einen realistischen Bericht über die erste Landung und wurde 1950 mit einem Oscar für die Tricks ausgezeichnet. Zu den Autoren gehörte Robert A. Heinlein. Eine weitere

Produktion der 50er, Kurt Neumanns *Rakete Mond startet (Rocketship X-M)*, handelt von einem Mondflug, der versehentlich auf dem Mars endet.

1951 kamen gleich drei Klassiker heraus! In Robert Wises *Der Tag, an dem die Erde stillstand (The Day the Earth Stood Still)* landet ein Fremdling in Washington, D. C., um uns vor der Selbstvernichtung durch die Atom-

Buster Crabbe als Flash Gordon (OBEN) und als Buck Rogers (UNTEN). Links eine Szene aus *Endstation Mond (Destination Moon)*, George Pals Vision von der ersten Mondlandung, wie sie Robert A. Heinlein (Ko-Drehbuchautor) in seinem gleichnamigen Roman beschrieb.

bombe zu warnen. In *Das Ding aus einer anderen Welt (The Thing*; nach der Story von John W. Campbell) – Howard Hawks war der Produzent – finden Wissenschaftler und Luftwaffenangehörige auf einem Antarktisstützpunkt ein UFO und werden von dessen außerirdischem Piloten gejagt – einer fleischfressenden Pflanze. In *Der jüngste Tag (When Worlds Collide)*, nach dem Roman von Philip Wylie, wird die Erde tatsächlich vernichtet.

George Pal, der *Endstation Mond* und *Der jüngste Tag (When Worlds Collide)* produzierte, realisierte 1954 auch die Kinoversion von H. G. Wells' *Krieg der Welten (War of the Worlds)*. Leider haben die Marsianer keine Abwehrstoffe gegen irdische Bakterien – sie sterben.

Die britische Hammer-Produktion hatte 1955 Erfolg mit *Schlock (The Quatermass Experiment)*: Ein Astronaut baut eine Bruchlandung und wird während seiner vorgeblichen Genesung zu einem lebenden Pilz. *Feinde aus dem Nichts (Quatermass II,* 1957) fügt einer Mischung aus Invasion und Biokatastrophe noch eine Regierungsverschwörung hinzu.

OBEN: **In den 50er Jahren begann das Raketenzeitalter mit *Rakete Mond startet (Rocketship X-M,* 1950). Der Film nahm den Zuschauer mit auf eine rasante Fahrt, da das Raumschiff vom Kurs abkam und auf dem Mars landete. 1951 produzierte die 20th Century Fox den ersten ihrer Science-fiction-Klassiker. *Der Tag, an dem die Erde stillstand (The Day the Earth Stood Still)* war ein überraschend überzeugendes Plädoyer für nukleare Abrüstung und machte Michael Rennie und den riesigen Roboter Gort** (RECHTE SEITE) **zu Weltstars. Regisseur Robert Wise** (OBEN) **nahm sich der Atomkraft (und eines tödlichen Virus) noch einmal in *Andromeda (The Andromeda Strain*, 1971) an.**

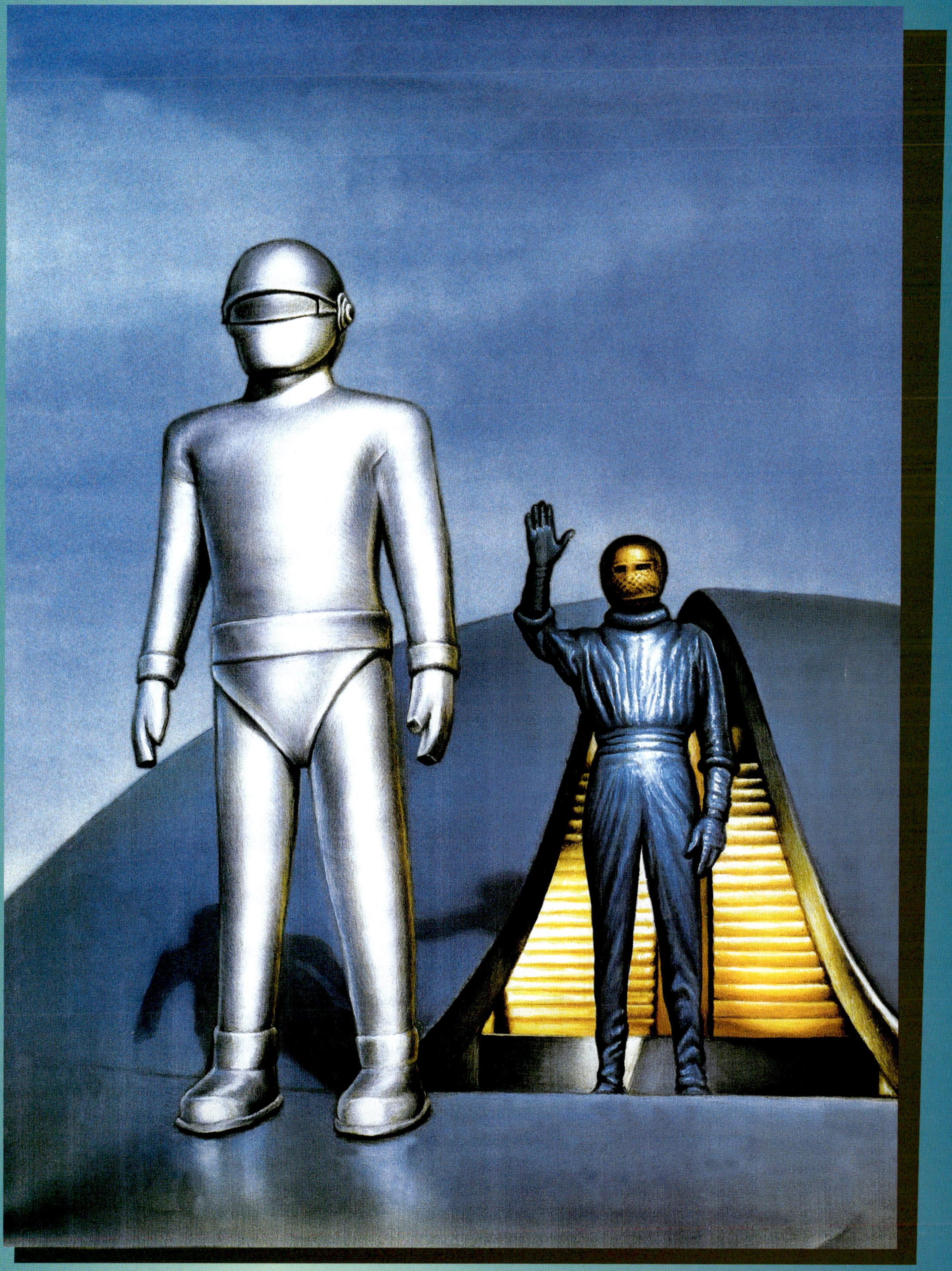

WHEN WORLDS COLLIDE
PLANETS DESTROY EARTH!
COLOR BY TECHNICOLOR
PRODUCED BY GEORGE PAL DIRECTED BY RUDOLPH MATE
SCREENPLAY BY SYDNEY BOEHM BASED ON A NOVEL BY EDWIN BALMER AND PHILIP WYLIE
A PARAMOUNT PICTURE

H·G·WELLS'
THE War OF THE Worlds
COLOR BY TECHNICOLOR
PRODUCED BY GEORGE PAL · DIRECTED BY BYRON HASKIN · SCREEN PLAY BY BARRE LYNDON · A PARAMOUNT PICTURE

Copyright © 1951 Paramount Pictures

Copyright © 1953 Paramount Pictures

George Pal (1908–1980) zählte zu den führenden Köpfen des Science-fiction-Films. Er wurde in Ungarn geboren, studierte Architektur und zog nach Berlin, wo er Kulissen für die UFA entwarf. Ob er auch an *Metropolis* mitgearbeitet hat? Vielleicht. Er zog 1940 nach Hollywood, kreierte die Puppetoon-Serie und produzierte fünf Filme, für deren Tricks er mit einem Oscar ausgezeichnet wurde: *Endstation Mond* (1950), *Der jüngste Tag* (1951), *Krieg der Welten* (1953), *Der kleine Däumling* (Tom Thumb, 1958) und *Die Zeitmaschine (The Time Machine*, 1960).

FRAUEN IM SCIENCE-FICTION-FILM

Früher kannte der Science-fiction-Film weder Heldinnen noch Schurkinnen – Frauen waren Opfer, die erwarteten, daß die Guten sie vor den Bösen (oder Fremdlingen) schützten. Dies änderte sich allmählich durch Schundklassiker wie

Fire Maidens from Outer Space

(1956), in dem sich Abkömmlinge von Atlantis in der Nähe des Jupiters aufhalten und bis auf einen einzelnen alten Mann sämtlich weiblich sind (RECHTS, MITTE).

In den Krallen der Venus (Queen of Outer Space, 1958),

in dem eine Königin der Venus (Zsa Zsa Gabor, LINKS) alle Männer ihres Planeten tötet und dann die Erde vernichten will.

Married a Monster from Outer Space

(1958), in dem Außerirdische, deren Planet untergeht, sich fortpflanzen müssen, weswegen sie zur Erde kommen, Menschengestalt annehmen und sich als attraktive Heiratskandidaten tarnen – bis eine Braut durchblickt (RECHTS, OBEN).

Attack of the 50 Foot Woman

(1958), in dem eine Frau durch genetische Manipulation zur Riesin wird (RECHTS) und am Ende mit ihrem Gatten und seiner Geliebten abrechnet.

ATTACK
OF THE 50 FT.
WOMAN
starring ALLISON HAYES · WILLIAM HUDSON · YVETTE VICKERS ·
PRODUCED BY BERNARD WOOLNER
DIRECTED BY NATHAN HERTZ

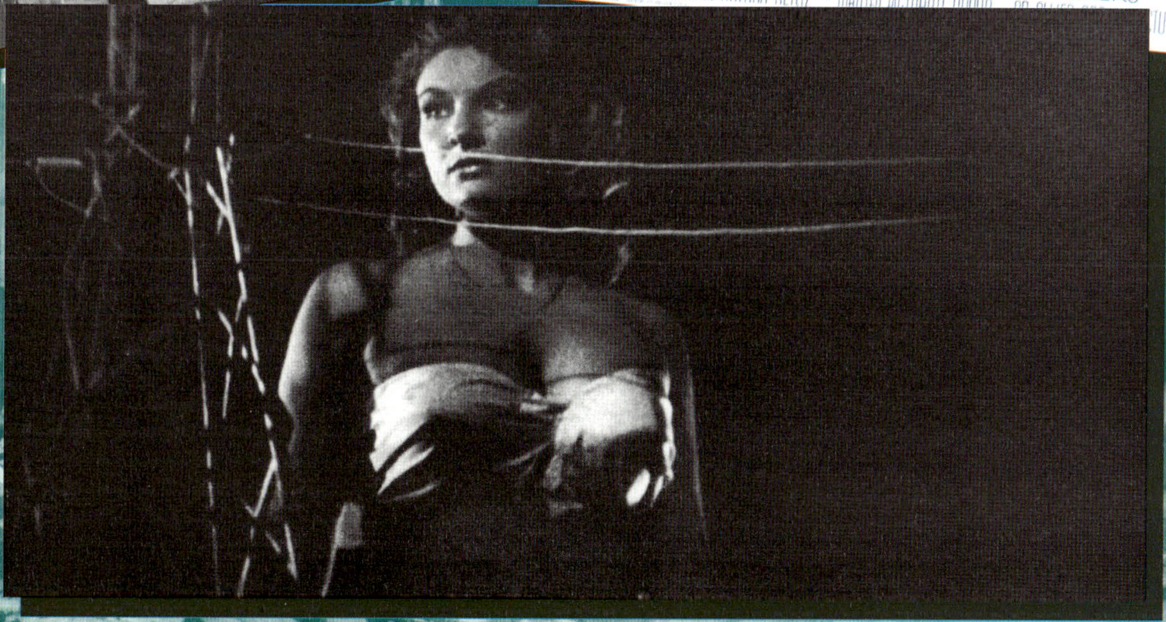

Seit William Cameron Menzies' *Things to Come* hatte niemand mehr einen solchen Science-fiction-Film gedreht: Mit seinem eleganten Aufbau, seiner Musik, den Kulissen und Einfällen (rechts empfängt der Astronaut Poole per Bildtelefon aufgezeichnete Geburtstagsgrüße seiner Eltern) wagte Kubrick anzudeuten, Raumfahrt könne langweilig – und gefährlich sein.

Stanley Kubricks Klassiker *2001: Odyssee im Weltraum (2001: A Space Odyssey*, 1968) hat den Weltraumfilm für immer verändert. Das Drehbuch stammt von Kubrick und dem großartigen Science-fiction-Autor Arthur C. Clarke. Im Gegensatz zu früheren Weltraumfilmen, die im Kalten Krieg entstanden und uns unserer Überlegenheit versicherten (die Aliens kriegten immer

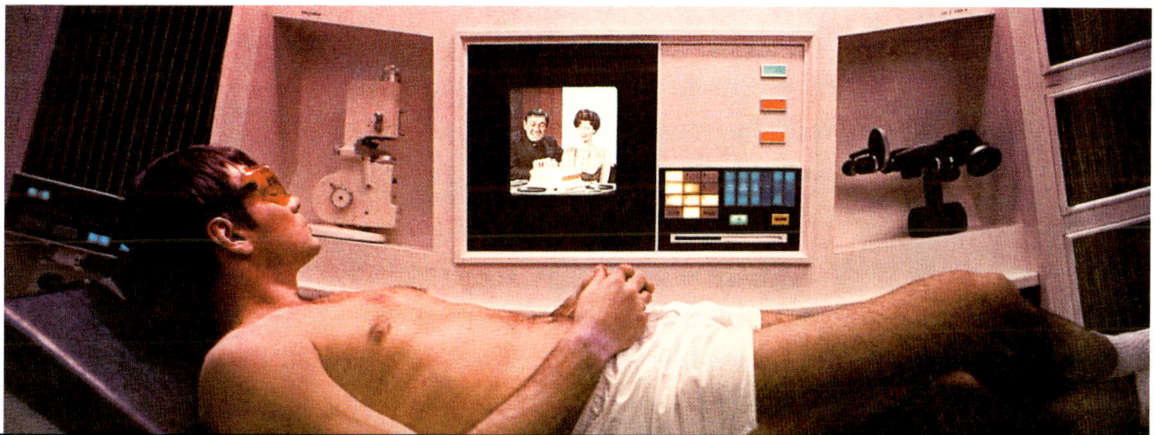

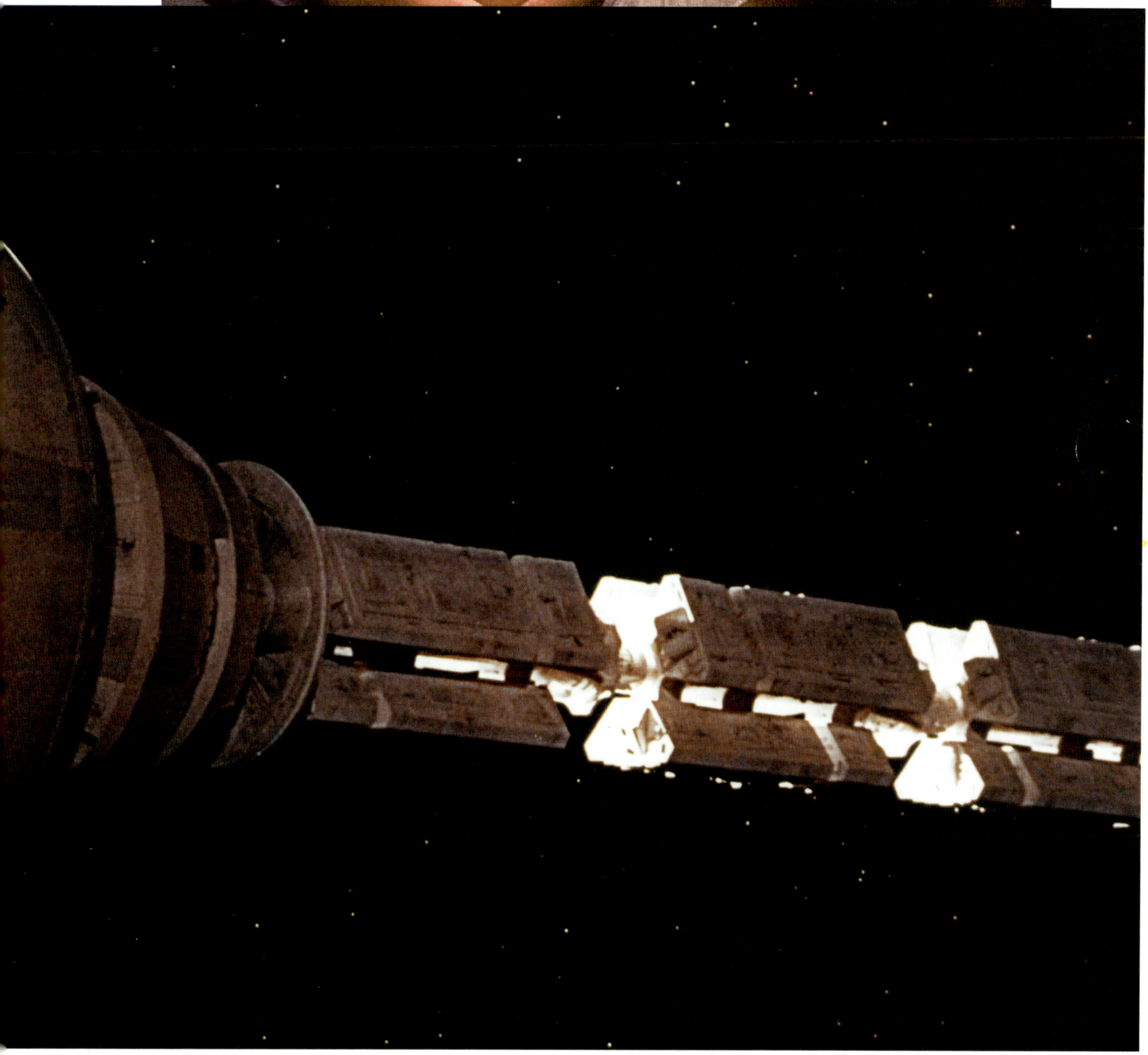

All photos Copyright © 1968 Metro-Goldwyn-Mayer

eins drauf, auch wenn sie uns zeitweilig terrorisierten), beschäftigte sich dieser Film eher mit der unbedeutenden Rolle der Menschheit in einem riesigen Universum und ihrer permanenten spirituellen Suche.

Wie erschreckend, daß der Antagonist *kein* böses Mondungeheuer ist, sondern ein von Menschenhand geschaffener Computer mit künstlicher Intelligenz! *2001* untersucht (neben vielem anderen) die Frage, was wir uns selbst angetan haben und wohin wir gehen – physisch und philosophisch.

Zwar hatten die USA und die UdSSR seit 1961 bemannte Flugkörper in die Umlaufbahn geschossen, doch als der Film entstand, war noch niemand auf dem Mond gelandet (die historische *Apollo*-Mission, bei der Armstrong den ersten Mondspaziergang unternahm, fand erst im Juli 1969 statt). Und so erreichte das allgemeine Interesse an Astronauten und Technik einen permanenten Höhepunkt. Bei *2001* lautet die Frage nicht mehr: Angenommen, da draußen ist jemand? Filmemacher hatten sie schon vor Jahren gestellt. Kubrick und Clarke stellten zwei viel interessantere Fragen, die die weltraumhungrige Öffentlichkeit zum Nachdenken bewegte: Angenommen, es ist niemand da? Angenommen, sie sind zwar da, aber sie sind nicht das, was wir uns vorgestellt haben?

Nicht jeder mag diesen Film. Niemand würde bestreiten, daß er die optische Gestaltung und die Dimensionen sämtlicher Weltraumgeschichten beeinflußte, die nach ihm kamen – von *Krieg der Sterne (Star Wars)* bis zu *Contact (Contact)*. Aber viele finden ihn selbstgefällig und undurchschaubar, denn die Geschichte wird keinesfalls geradlinig erzählt, und Mehrdeutigkeiten und ein offenes Ende sind nicht jedermanns Sache. Das letzte Drittel ist eine psychedelische Glanzleistung, die die 60er Jahre allegorisch wiedergibt: Noch nie hatte man Licht, Tempo und Zeit so dargestellt. Für den Zuschauer war dies ebenso ein „Trip" wie für die Astronauten Poole (Gary Lockwood) und Bowman (Keir Dullea). Jene, die den Film schätzen, halten ihn nicht nur für einen der besten der 60er Jahre bzw. eine großartige Science-fiction-Produktion – für sie gehört er zu den besten Filmen aller Zeiten.

Nach *Dr. Seltsam* (1964) hatte der 39jährige, in der Bronx geborene Stanley Kubrick (LINKE SEITE OBEN) einen so guten Ruf, daß MGM ihm und Arthur C. Clarke ein großes Budget anvertraute, um *2001: Odyssee im Weltraum* zu drehen. Der in der gesamten Welt der Technik akribisch recherchierte Film stellte die kommerzielle Raumfahrt realistisch dar – von den Annehmlichkeiten gewöhnlicher Wartesäle (UNTEN LINKS, ein bizarr eingefärbtes Aushangfoto) bis zu der Summe, die man für ein Ferngespräch nach Hause blechen muß. Die ungeheure und majestätische Schönheit der Tricks brachte dem Film viele Bewunderer und Kubrick einen Oscar ein. Die Verwendung klassischer Musik war das Ergebnis „spontaner Liebe": Kubrick hat den Film zwar zu der Musik geschnitten, die man im Kino hört, ließ aber auch Originalmusik komponieren, die nicht zum Zuge kam. Die alte Cinerama-, Super-Panavision- und Metrocolor-Präsentation war im Fernsehen jahrelang nur in verkrüppelter Form zu sehen. Erst als die Voyager Company eine Letterbox-Laserdisc herausbrachte, wurde auch die Videofassung zum Bestseller.

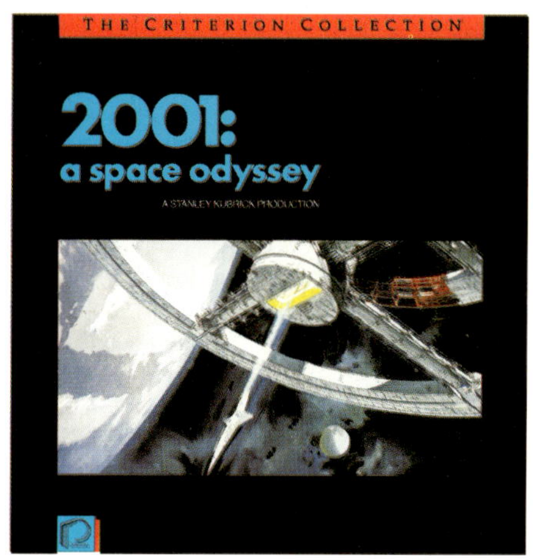

1976 inszenierte Nicolas Roeg *Der Mann, der vom Himmel fiel (The Man Who Fell to Earth)*. Die Hauptrollen spielten David Bowie, Rip Torn, Buck Henry und Candy Clark, die für ihre Rolle in George Lucas' Kinohit *American Graffiti (American Graffiti*, 1973) für einen Oscar nominiert wurde. Hier spielt sie ein Flittchen, das sich in Thomas Jerome Newton verliebt, den sie anfangs für einen Menschen hält. Newton hat Frau und Kinder auf einem von der Dürre bedrohten Planeten zurückgelassen, um Wasser zu suchen. Da seine Welt trotz technischer Überlegenheit dem Untergang geweiht ist, baut er in den USA einen Milliarden-Dollar-Industriekonzern auf, um seinen Planeten langfristig mit einem interplanetarischen Wasserversandunternehmen zu retten. Angst und Zynis-

mus der Menschen nehmen zu, als Newtons Herkunft ermittelt wird, doch alle Versuche, ihn zu vermenschlichen, machen ihn zu einem gelangweilten, gefangenen, alkoholabhängigen und fernsehsüchtigen Industriekapitän, der nie wieder nach Hause zurückfindet. Der Film basiert auf dem gleichnamigen Roman von Walter Tevis und zählt zu den besseren. Hier sind Außerirdische keine Lumpen mit bösen Absichten, und die Menschen sind keine strahlenden Helden.

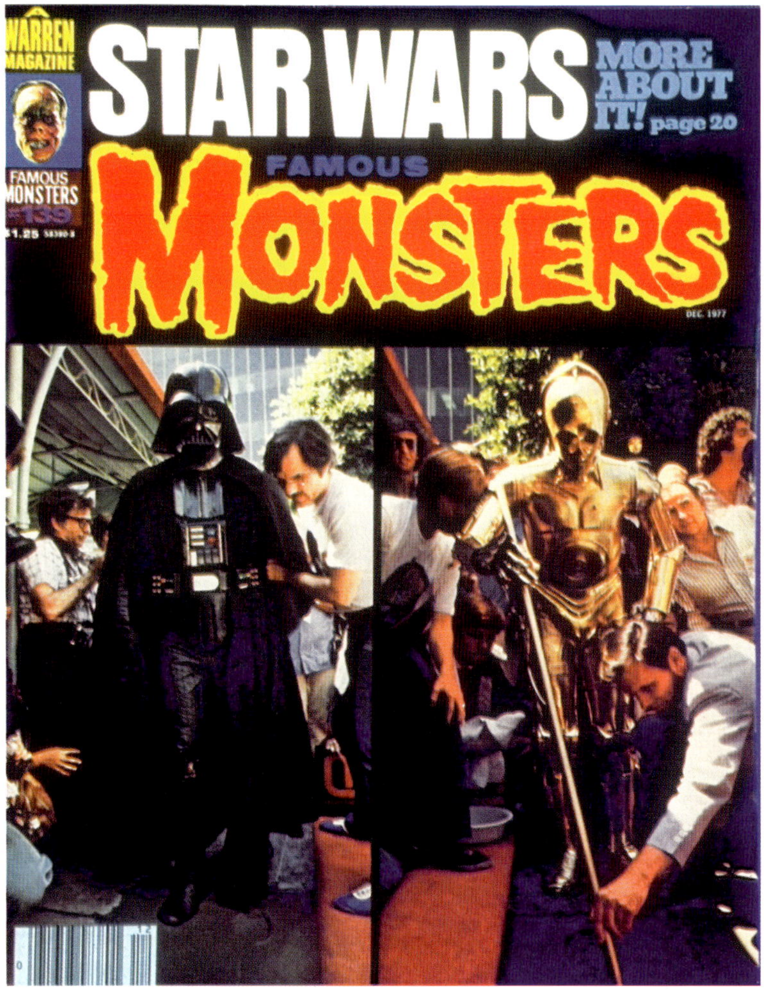

1977 geschah in der Welt der Science-fiction und des Films etwas wirklich Erstaunliches, und zwar der Rundumschlag, den George Lucas mit *Krieg der Sterne (Star Wars)* und Steven Spielberg mit *Unheimliche Begegnung der dritten Art (Close Encounters of the Third Kind)* führten. Beide Filme bauten zwar auf den revolutionären Bildern von Kubricks *2001* auf, doch fehlte ihnen dessen gewollte Kunstfertigkeit: Sie erzählten Geschichten für die ganze Familie. Und diese Science-fiction-Filme wurden Hollywoods größte Kassenschlager.

Lucas ließ *Krieg der Sterne* zwei Fortsetzungen folgen: *Das Imperium schlägt zurück (The Empire Strikes Back*, 1980) und *Die Rückkehr der Jedi-Ritter (Return of the Jedi*, 1983). 1997 wurde die Trilogie als *Star Wars Special Edition* mit neuem digi-

Die noch nie dagewesene Popularität von George Lucas' *Krieg der Sterne* und Steven Spielbergs *Unheimliche Begegnung der dritten Art* erzeugten neues Interesse an der Science-fiction und neues Ansehen bei den Studiobossen. Das Publikum war ebenso von den Verfahren fasziniert, mit denen diese Filme hergestellt wurden, wie an den dafür verantwortlichen Persönlichkeiten. Die meisten wissen z.B., daß John Williams die Musik beider Filme schrieb. (Im Fall *Krieg der Sterne* war er sogar am Einspielergebnis beteiligt.) *Krieg der Sterne* spielte über ein Jahr lang im ständig ausverkauften Chinese Theatre in Hollywood, und an den Wochenenden versammelten sich die Fans und riefen: *„Lauter!"* David Prowse als Darth Vader und Anthony Daniels als C-3PO (auf dem *Famous-Monsters*-Titel, LINKE SEITE**) mußten ihre Fußabdrücke auf dem berühmten Vorhof des Kinos hinterlassen.**

talem Soundtrack, verbesserten Tricks und neuen Szenen neu aufgeführt. Danach übertraf *Krieg der Sterne* Spielbergs *E. T. – Der Außerirdische (E. T. – The Extraterrestrial,* 1982), mit 460 Millionen Dollar Umsatz die bisherige Nummer eins. *(E. T.* spielte 407 Millionen Dollar ein.) Der neue, verbesserte *Imperium*-Film kam im Februar danach heraus, *Jedi* im März. Beide Filme gehören noch immer zu den Top 10: *Imperium* (Platz 8) mit 290 Millionen Dollar Umsatz und *Jedi* (Platz 6) mit 307 Millionen Dollar.

Stars aus „einer fernen Galaxis, vor langer Zeit“. IM UHRZEIGERSINN VON OBEN: **Luke Skywalker, Prinzessin Leia, Han Solo; Darth Vader, R2-D2, C-3PO und „Groß-Moff“ Tarkin.**

Krieg der Sterne schrieb die Normen für Science-fiction- und Fantasy-Design und Trickarbeiten fest. Die unglaublichen Schlachtsequenzen zwischen den imperialen Jägern (RECHTS) und den X-Jägern der Rebellen (MITTE) wurden von abgefilmten Luftschlachten aus Wochenschauen des Zweiten Weltkriegs inspiriert und von Paul Hirsch, Marcia Lucas und Richard Chew choreographiert. Die Trickarbeit überwachte John Dykstra von der neuen Firma Industrial Light and Magic. ILM, in einer windschiefen Lagerhalle im San Fernando Valley untergebracht, markierte den Beginn eines neuen Kapitels der Filmgeschichte.

Nachdem *Krieg der Sterne* alle Kassenrekorde gebrochen hatte, machten Lucas und Industrial Light and Magic Nägel mit Köpfen und zogen ins Marin County. Lucas, der sich geschworen hatte, nie wieder Filme zu inszenieren, schrieb zusammen mit Lawrence Kasdan die 30-Millionen-Dollar-Fortsetzung *Das Imperium schlägt zurück,* die er auch produzierte. Der Film führte unvergeßliche Figuren wie den unglaublich alten Jedi-Ritter Yoda (OBEN) ein, der Luke über die „Macht" aufklärt, und Lando Calrussian, der Chewbacca und Han Solo dringend benötigten Schutz anbietet (LINKS UNTEN). Als *Die Rückkehr der Jedi-Ritter* herauskam, erfuhr man endlich, wie Jabba der Hutt aussieht (LINKS OBEN). Unten bereitet einer der vielen ILM-Modellbauer ein Raumschiff für eine Großaufnahme vor.

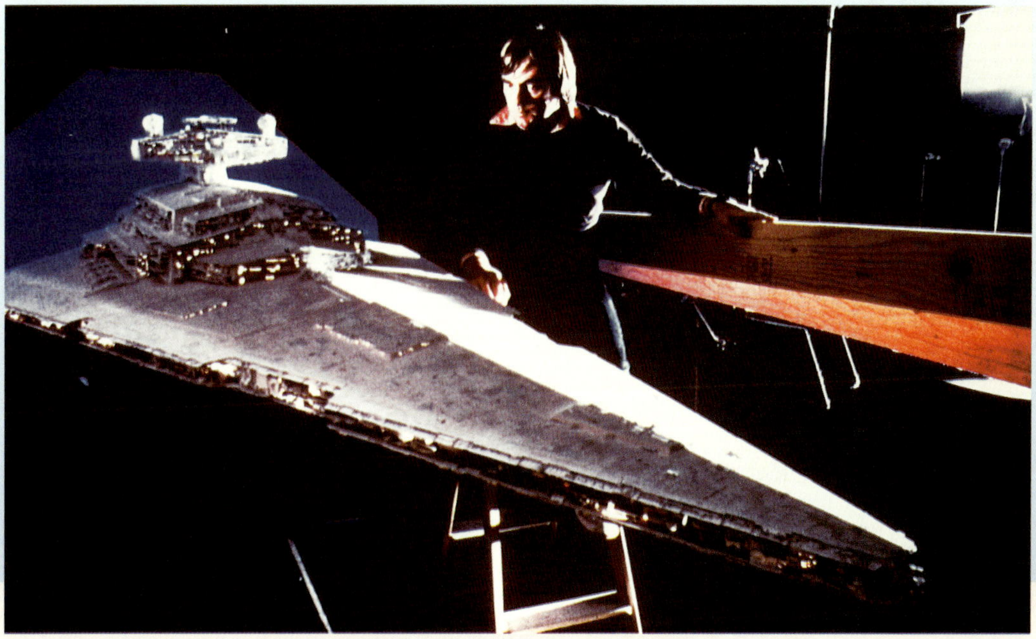

STEVEN SPIELBERG

Steven Spielberg hatte innerhalb und außerhalb der Science-fiction eine verblüffende Laufbahn. Obwohl man ihn hauptsächlich als Filmregisseur kennt, erhielt er seine erste große Chance in der Fernsehserie *Rod Serling's Night Gallery*. Er hat als Autor und Koautor mehrere TV- und Kinofilme geschrieben und als Produzent eine Reihe erfolgreicher, von anderen inszenierter Fantasy-Abenteuer betreut, z.B. Tobe Hoopers *Poltergeist (Poltergeist*, 1982), Joe Dantes *Gremlins – Kleine Monster (Gremlins*, 1984) und Richard Donners *Die Goonies (The Goonies*, 1985). Spielberg ist möglicherweise Hollywoods erfolgreichster Hans Dampf in allen Gassen.

Doch vor allem verblüfft sein Erfolg als Regisseur. Hier nur ein Teil seiner Highlights:

Der spannende Thriller *Der weiße Hai* (*Jaws*, 1975) ist mit einem Einspielergebnis von 260 Millionen Dollar Nr. 10 der 50 umsatzstärksten Filme aller Zeiten. Dies erzeugt wirklich Ehrfurcht, wenn man bedenkt, daß eine Eintrittskarte damals halb so teuer war wie heute. Es gab zwar drei Fortsetzungen, aber keine hatte den wirklichen Spielberg-Touch.

Unheimliche Begegnung der dritten Art (1977), Spielbergs erster Film über eine Begegnung mit Außerirdischen, erhielt Oscars für Kameraführung (Vilmos Zsigmond) und Klangeffekte (Frank Warner) und wurde für die beste Regie (Spielberg), beste Nebendarstellerin (Melinda Dillon) und für eine Reihe technischer Oscars nominiert. John Williams Filmmusik verlor gegen ... John Williams Filmmusik für *Krieg der Sterne.*

Spielbergs Abenteuer/Action-Trilogie *Jäger des verlorenen Schatzes (Raiders of the Lost Ark*, 1981), *Indiana Jones und der Tempel des Todes (Indiana Jones and the Temple of Doom*, 1984) und *Indiana Jones und der letzte Kreuzzug (Indiana Jones and the Last Crusade*, 1989) haben zusammen über 650 Millionen Dollar eingespielt.

Sein Science-fiction-Kassenhit *E. T. – Der Außerirdische* (1982) ist das Werk, mit dem man ihn am häufigsten in Verbindung bringt und für das man ihn am meisten schätzt. Der Film wartet mit einem Fremdling aus dem All auf, der Kinder und Erwachsene beiderlei Geschlechts anspricht, und erzählt eine Geschichte, die nicht nur typische Science-fiction-Fans beeindruckt. Die junge Drew Barrymore hatte darin ihr sehr beeindruckendes Filmdebüt. Mit einem Einspielergebnis von über 400 Millionen Dollar steht der Film auf Platz 2 hinter *Krieg der Sterne.* Nr. 3 ist Spielbergs *Jurassic Park (Jurassic Park*, 1993), der nur 50 Millionen Dollar weniger umsetzte!

Die atemberaubende Bildadaption von *Die Farbe Purpur (The Color Purple*, 1985) basiert auf einem Buch von Alice Walker und wurde in der Kategorie Bester Film für einen Oscar nominiert; Oprah Winfrey wurde als beste Nebendarstellerin nominiert.

Spielberg bekam einen Oscar für das Holocaust-Drama *Schindlers Liste (Schindler's List*), den man zum besten Film des Jahres 1993 wählte. *Jurassic Park* (1993) und *Vergessene Welt: Jurassic Park (The Lost World: Jurassic Park*, 1997) sind visuell beeindruckende, in der Gegenwart spielende High-Tech-Dinosaurier-Geschichten, die von Hunderten von Millionen gesehen wurden. Aber seien Sie gewarnt: Das Publikum ist, wie in *Der weiße Hai*, eher entsetzt als verblüfft: Hier gibt es keine lieben Geschöpfe.

Newsweek
The UFO's
Are Coming!
Hollywood's
'Close Encounters'

Spielbergs *Unheimliche Begegnung* ist zwar die übliche „Warum-glaubt-mir-bloß-niemand"-Story, doch wird sie mit neuer Sensibilität erzählt. Der Protagonist ist kein Forscher, sondern ein normaler Mensch (GANZ LINKS), der für die Stadtwerke arbeitet. Der Film wurde unter dermaßen strengen Sicherheitsvorkehrungen gedreht, daß er schon in aller Munde war, bevor er Weihnachten 1977 herauskam. Die vollendeten Visionen finden ihren Höhepunkt in einer majestätischen 20-Minuten-Sequenz.

Eigenartigerweise verdankt *E. T. – Der Außerirdische* seine Existenz der Tatsache, daß Spielberg den großen französischen Regisseur François Truffaut engagiert hatte, um eine Rolle in *Unheimliche Begegnung* zu spielen. Als Truffaut dem jungen amerikanischen Meister bei der Inszenierung der Szenen mit Richard Dreyfuss und den Kindern zuschaute, schlug er ihm vor, er solle einen Film mit Kindern in den Hauptrollen machen, da Spielberg so gut mit ihnen zurechtkam. Auch diesmal arbeitete Spielberg unter strengen Sicherheitsmaßnahmen, damit die Presse von seinem Thema keinen Wind bekam. Die Handlung: Was passiert, wenn ein Raumfahrer zufällig auf der Erde landet und von einer Gruppe mitfühlender Kinder entdeckt wird, die herauskriegen, daß er „nach Hause" möchte? Das Publikum war von dem überzeugend dargestellten Geschöpf und den wundervollen Bauten fasziniert. Der Film erzielte bis zur Uraufführung von *Krieg der Sterne* (1977) das höchste Einspielergebnis aller Zeiten.

Wie die Einspielergebnisse zeigen, sind Fortsetzungen von Science-fiction-Filmen in Hollywood oft ein sehr lukratives Geschäft. Neben den *Star-Wars*-Filmen starteten in den späten 70er Jahren drei Science-fiction-Serien: *Superman, Alien* und die *Star-Trek*-Filme.

Kirk Alyn spielte Superman in *Superman* (1948) und *Atom Man versus Superman* (1950), George Reeves stellte ihn in *Superman and the Mole Men* (1951) und Ende 1952 im Fernsehen in 104 Episoden à 30 Minuten in *The Adventures of Superman* dar. Doch der beste Superman ist und bleibt Christopher Reeve. Reeve handhabt die Doppelidentität Clark Kent/Superman mit mehr Souveränität, Charme, Humor und Sexappeal als seine Vorgänger, und sein erster Versuch *(Superman,* 1978) war den bahnbrechenden Lucas- und Spielberg-Abenteuern dicht auf den High-Tech-Fersen. Zum ersten Mal in der Filmgeschichte sah es so aus, als könne Superman wirklich fliegen. Das Publikum – ob jung oder alt – war hingerissen.

Superman (1978) machte Christopher Reeve bei den Massen bekannt. Ausgewählt nach einer gründlichen Suche, gibt es wohl niemanden, zu dem diese Rolle besser paßt. Der außergewöhnliche, in großen Dimensionen ausgetüftelte Film war der letzte für den _2001_-Kameramann Geoffrey Unsworth (OBEN, LINKS) und für den Regisseur Richard Donner (OBEN, RECHTS).

Die vier *Alien*-Filme – *Alien – Das unheimliche Wesen aus einer fremden Welt (Alien*, 1979), *Aliens – Die Rückkehr (Aliens*, 1986), *Aliens 3: Die Wiedergeburt (Alien 3,* 1992) und *Alien Resurrection* (1997) – haben weltweit über 400 Millionen Dollar eingespielt. Teil 1 ist zu gleichen Teilen Science-fiction und Horror: Während es der Besatzung der *Nostromo* mißfällt, daß die schleimige Bedrohung sie umschleicht, hält John Hurt absolut nichts davon, sie in seinem *Körper* zu beherbergen. Die Szene, in der das Ungeheuer seine Bauchdecke durchbricht, ist eine der beeindruckendsten des Films. Sigourney Weaver als Ellen Ripley überlebt als einzige; 57 Jahre später erwacht sie in Teil 2, um den Planeten LV-425 vor den Nachkommen der Aliens zu retten. Zwar wäre sie lieber im Bett geblieben, doch das Publikum freut sich, daß sie aufsteht, da sie zu den stärksten weiblichen Filmcharakteren gehört und Weaver der Figur Menschlichkeit, Verletzlichkeit und Angstgefühle verleiht.

Die längste Serie überhaupt hat Hollywood mit den *Star-Trek*-Filmen hervorgebracht. Die Leinwandsaga, die 1979 mit *Star Trek – Der Film (Star Trek – The Motion Picture)* begann, läuft auch nach acht Folgen noch gut. Die erste wurde von Robert Wise *(Der Tag, an dem die Erde stillstand)* inszeniert, kam bei Trekkies und Kritik gut an und führte neue Kinogänger an das *Star-Trek*-Phänomen heran. Die anderen Folgen heißen

Die Legende geht so: Der britische Regisseur Ridley Scott bereitete gerade seinen zweiten Spielfilm (eine Wagner-Oper) vor, als er sich *Krieg der Sterne* ansah. Der Rest ist Geschichte. Inzwischen sind die *Alien*-Filme eine riesige Einnahmequelle für das Filmstudio geworden, das schließlich auch ja zu *Krieg der Sterne* sagte: 20th Century Fox.

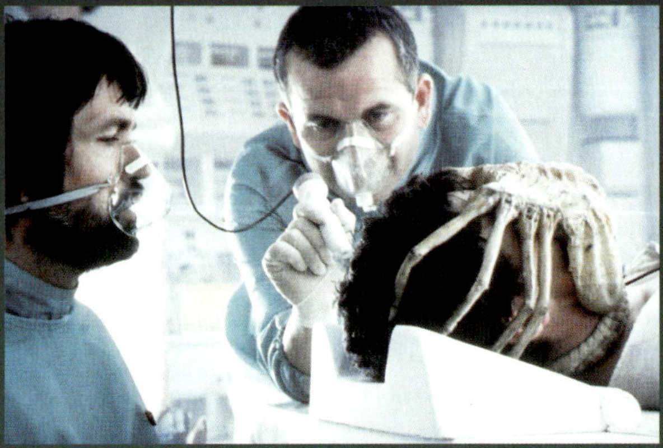

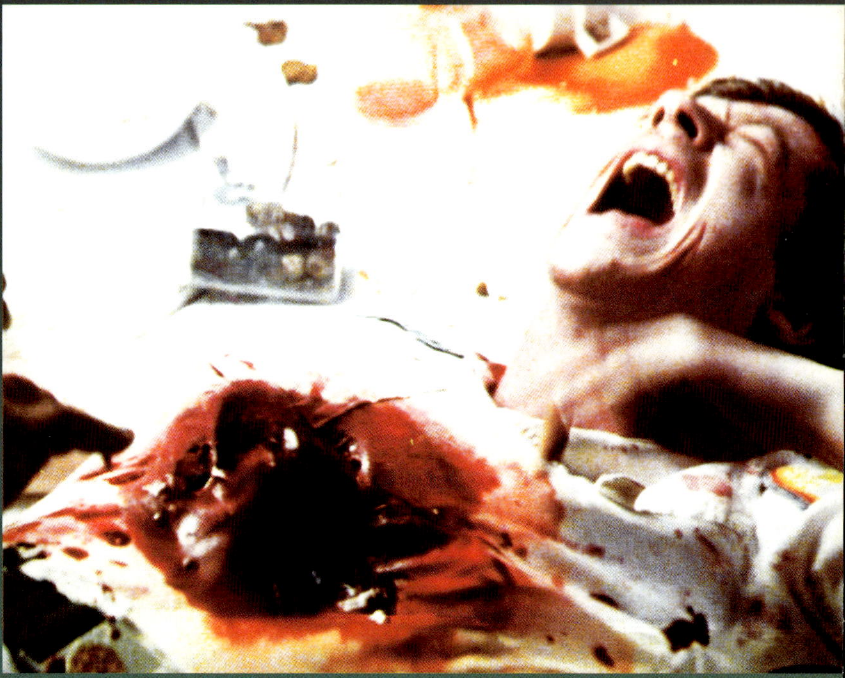

Alien führt die schrecklichsten Invasoren vor, die man sich je ausgedacht hat. Sie sind das Werk des meisterhaften Schweizer Surrealisten und Künstlers H. R. Giger, dessen furchterregende Gemälde Scott inspirierten, dem Publikum wie nie vorher visuell eins überzubraten. In *Aliens – Die Rückkehr* (1986) war Ripley endlich geschützt!

Star Trek II – Der Zorn des Khan
(*Star Trek II: The Wrath of Khan*, 1982)
Star Trek III – Auf der Suche nach Mr. Spock
(*Star Trek III: The Search for Spock*, 1984)
Star Trek IV – Zurück in die Gegenwart
(*Star Trek IV: The Voyage Home*, 1986)
Star Trek V – Am Rande des Universums
(*Star Trek V: The Final Frontier*, 1989)
Star Trek VI – Das unentdeckte Land
(*Star Trek VI: The Undiscovered Country*, 1991)
Star Trek VII: Treffen der Generationen
(*Star Trek: Generations*, 1994)
Star Trek VIII: Der erste Kontakt
(*Star Trek: First Contact*, 1996)

Der fünfte Teil gilt allgemein als schwächster; *Generationen* vereint die Besetzung der klassischen TV-Serie mit der des Ablegers *Star Trek: Das nächste Jahrhundert (Star Trek: The Next Generation*). *Der erste Kontakt* ist möglicherweise der beliebteste *Star-Trek*-Film und der erste, der ohne Captain Kirk (William Shatner) und Mr. Spock (Leonard Nimoy) auskommt.

ENTERPRISE

CONTACT

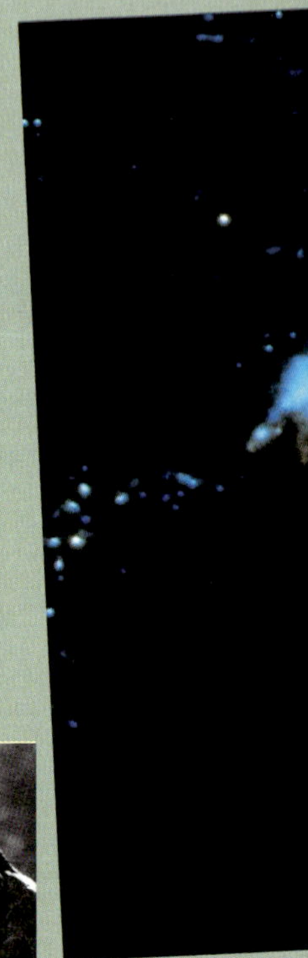

Science-fiction heute

Der technische Fortschritt verändert den Film ständig. Sieht der Zuschauer erst einmal, was möglich ist, steigt auch seine Erwartung: Er will keine als Dinosaurier verkleideten Akteure mehr sehen, die Spielzeugautos zertrampeln. Dann wachsen die Produktionskosten zwar in den Himmel, doch wenn der Zuschauer überwältigt ist, dann steigen auch die Einnahmen.

Allein im Sommer 1997 spielte *Vergessene Welt: Jurassic Park (The Lost World: Jurassic Park*, LINKS) über 225 Millionen Dollar ein. Zwei weitere große Science-fiction-Filme wurden fast gleichzeitig aufgeführt: *Contact (Contact)* mit Jodie Foster und Matthew McConaughey basiert auf dem Bestseller von Carl Sagan und spielte über 100 Millionen Dollar ein. *Men in Black (Men in Black*, MITTE LINKS) machte 237 Millionen Dollar Umsatz. Will Smith trat 1996 nicht nur in *Men in Black*, sondern auch in dem Kassenhit *Independence Day (Independence Day*, OBEN, 306 Millionen Dollar) auf.

GONDEAL

Die Zukunft von gestern

In meiner Jugend kamen drei Filme heraus, die mich ein Leben lang beeindruckt haben. Ihre Zukunftsgeschichten erfüllten mich mit Staunen, Freude und einem Gefühl, alles sei möglich, das ich bis heute nicht verloren habe. Sie heißen *Metropolis* (1927), *Die Stunde X (High Treason*, 1929) und *Just Imagine* (1930).

Fritz Langs *Metropolis* war das Stummfilm-Meisterwerk der sich himmelwärts schraubenden Wolkenkratzer, der Hauptstadt der Welt in 100 Jahren, die von 60 Millionen Menschen bevölkert wird, mit Bildtelefonen, einer Robotrix, menschenverzehrender Maschinerie und fesselnder Pracht. Der Film war seinerzeit auf vielen Ebenen geradezu revolutionär: Die Kameraführung ist überwältigend und phantasievoller als die der meisten heutigen Filme; die Beschreibung der Zukunft ist in mehr als einer Hinsicht prophetisch; und die Laufzeit betrug in einer Epoche, in der man 90 Minuten für lang hielt, 182 Minuten. Die britische 120-Minuten-Fassung wird am häufigsten gespielt, doch gibt es auch eine US-Version von 75 Minuten. 1984 führte der Plattenproduzent Giorgio Moroder eine restaurierte Fassung mit einem leicht störenden Rock-Soundtrack auf. Falls Sie sie ausleihen, bewundern Sie die Bilder und drehen Sie den Ton leiser.

Die Stunde X (1929) des englischen Regisseurs Maurice Elvey wäre heute ein vergessener Film, wenn ich ihn nicht am Leben erhalten würde. Eine Kopie existiert in der Cinémathèque de Bruxelles in Belgien, eine andere befindet sich im Besitz des British Film Institute. Beide sind stumm, obwohl die Uraufführungsversion, die ich mehrmals sah, eine Tonspur hatte. *Die Stunde X* wartet, wie *Metropolis,* mit einem Bildtelefon auf. Dazu sieht man einen futuristischen Speisesaal, in dem zur Unterhaltung Säbelfechter auftreten; es gibt ein komplettes, von einem einzelnen Musiker „gesteuertes“ Orchester sowie

Die Schöpfer des brillanten *Metropolis* (1927): Thea von Harbou, Koautorin des Drehbuches, und Fritz Lang, der Regisseur.

UNTEN: **In ihrer ersten Filmrolle – Brigitte Helm, nach deren Äußerem ein weiblicher Roboter hergestellt wird.**

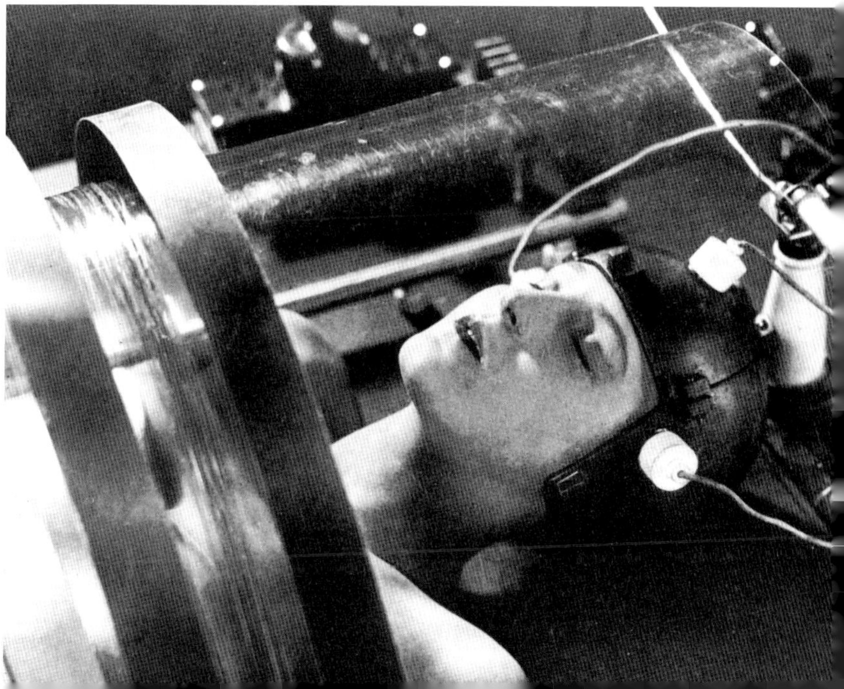

einen Tunnel durch den Ärmelkanal, der erst Jahrzehnte später gebaut wurde, schließlich Zeppeline, die über einer US-Großstadt Gasbomben abwerfen. Außerdem führt er eine (von Benita Hume gespielte) Heldin vor, die in einer von Dampf erfüllten Kabine hinter einer Milchglasscheibe duscht, was damals starker Tobak war. (1936 mußte aus H. G. Wells' Klassiker *Things to Come* eine Sekunde herausgeschnitten werden, weil sie in der vom Krieg zerrissenen Welt einen kleinen Jungen mit nacktem Popo in der Badewanne zeigte!)

Die musikalische Komödie *Just Imagine* (1930) spielt im Jahr 1980 und zeigt Maureen O'Sullivan (in sechs *Tarzan*-Filmen Johnny Weissmullers Jane) als junge Heldin namens LN-18 in einer Welt voller Nummern. Dafür wurde in einem Vorort von Los Angeles in einem Luftschiffhangar eine ähnlich prächtige Zukunftsstadt wie in *Metropolis* aufgebaut. Mini-Eindecker und Luftverkehrspolizisten verdunkeln den Himmel von New York. Die Stadt wimmelt von synthetischer Nahrung, ebensolchen Ge-

LINKE SEITE: **Das London der 40er Jahre, wie es sich der britische Film *Die Stunde X* (1929) vorstellt. Er bildet die üblichen Flugmaschinen u.a. zusammen mit fünfzigstöckigen Wolkenkratzern im Tudorstil ab (man beachte, wie winzig das Parlament am Bildrand links wirkt). Werbematerial für diesen Film ist heute nicht mehr aufzutreiben: Dieses Poster wurde nach einem verblaßten Foto gemalt, das mir in die Hände fiel. *Just Imagine*** (RECHTS) **war ein futuristisches Tonfilm-Musical, das um 1980 spielt. Die Hauptdarstellerin Maureen O'Sullivan will beweisen, daß man Glück auch in einem flotten Eindecker finden kann! Die untere Szene wurde in einem *Flash-Gordon*-Serial wiederverwendet.**

All photos Copyright © Fox Studios

tränken und ... Säuglingen! Der Begriff „gute alte Zeit" wird hier auf die Vorliebe der Menschen der 30er Jahre angewandt, ihre Nachkommen auf natürliche Weise zu zeugen, anstatt sie wie in den 80ern im Reagenzglas heranwachsen zu lassen, weswegen die Moralhüter in Will Hays Zensurbehörde eine Wiederaufführung viele Jahre verhinderten.

Die Höhepunkte in *Just Imagine* sind ein Raketenflug zum Mars und die Abenteuer bei einem Zwillingsvolk, das zur Hälfte gut und zur Hälfte böse ist. Die Rakete wurde, wie ich Jahre später erfuhr, aus Pappmaché hergestellt und verrottete auf einem verlassenen Studiogelände.

1930 vergrub man als Werbegag für *Just Imagine* eine Zeitkapsel unter dem Gehsteig, der zum Kino Carthay Circle in Beverly Hills führt. Sie sollte in den 80er Jahren geöffnet werden, doch leider war das berühmte Kino da schon längst abgerissen. Tonnen von Bauschutt haben den Standort der Kapsel verdeckt. Ich habe mich vermutlich als einziger Mensch der Welt an den vergrabenen Schatz erinnert. Ob man ihn wohl in späteren Jahrhunderten entdecken wird? *Just Imagine!*

LINKE SEITE: **Die „Miniaturen" für *Just Imagine* waren etwa acht Meter hoch und wurden in einem Flugzeughangar aufgebaut.**

OBEN: **Die Kostüme von *Just Imagine* waren eine Glanzleistung. Sophie Wachner war Chef-Garderobiere; sie arbeitete mit den Modeschöpferinnen Alice O'Neil und Dolly Tree zusammen.**

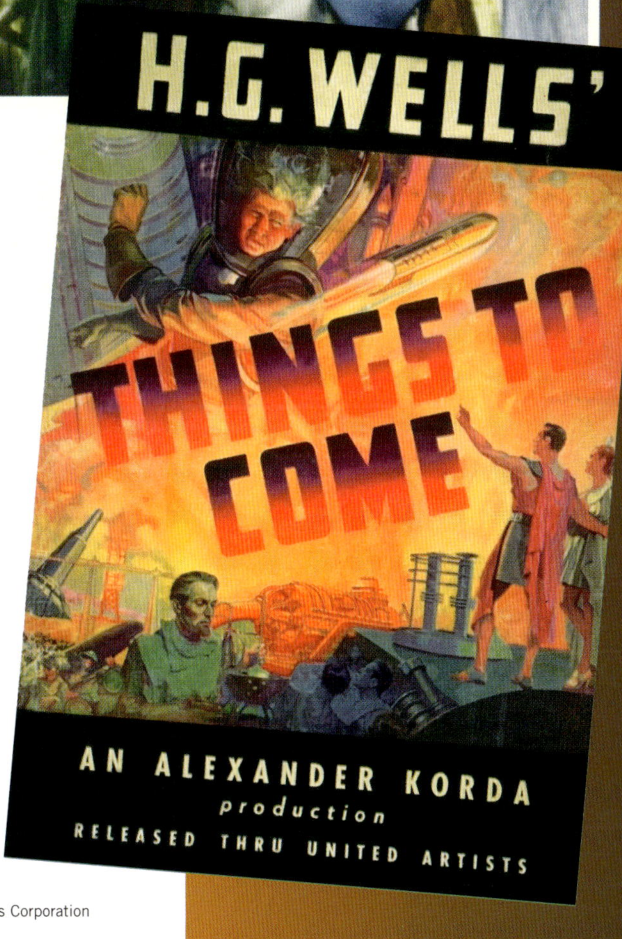

Die erste Szene der Alexander-Korda-Produktion *Things to Come* (1936), nach dem Roman *The Shape of Things to Come* von H. G. Wells, beschreibt den Kurs, den Britannien im Zweiten Weltkrieg und danach nimmt. Die hier getroffenen Vorhersagen lassen einem das Herz stocken. Ein sehenswerter Film, der nicht enttäuscht.

Negative Utopien

Warum gab es in der Geschichte der Science-fiction immer negative Utopien? Vielleicht deswegen, weil Science-fiction-Autoren ein bewundernswertes Gespür für gesellschaftliche Verantwortung haben. Sie sehen deutlich die Probleme unserer Zeit – Überbevölkerung, unzuverlässige Regierungen, Mißbrauch von technischem Fortschritt, zunehmende gesellschaftliche Desensibilisierung gegenüber Gewalt – und lassen sich gründlich inspirieren, Szenarien der schlimmsten Möglichkeiten zu formulieren, damit wir kritischer über das nachdenken, was wir *Fortschritt* nennen.

Die Geschichte des Science-fiction-Films kennt Dutzende von negativen Utopien: Hier nur ein paar, die den größten Eindruck auf mich gemacht haben.

Die 1955er Fassung von *1984* (Regie: Michael Anderson) ist viel besser als die Neuverfilmung von Michael Radford (1984), auch wenn letztere düsterer ist und Orwells Roman möglicherweise näherkommt. Als ich das Buch 1949 zum ersten Mal las, dachte ich, ich würde mir lieber eine Kugel in den Kopf schießen, als in der Welt zu leben, die der »Große Bruder« überwacht. Für mich haben jedoch beide Filme die Kraft der geschriebenen Worte Orwells nicht erreicht – meine Lieblingsversion ist die werkgetreue britische Fernsehfassung von 1954 mit dem jungen Peter Cushing.

In *Die Zeitmaschine (The Time Machine,* 1960) ist die passive Menschheit einer fernen Zukunft der Gnade menschenfressender Mutanten ausgesetzt. George Pal erhielt für die Tricks dieser düsteren Zukunftsvision von Wells den fünften Oscar.

Das zehnte Opfer (La Decima Vittima, 1965) basiert auf Robert Sheckleys Kurzgeschichte *Das siebte Opfer*. Im 21. Jahrhundert ist die Zivilisation entmenschlicht, und eine zynische Regierung gestattet Morde, um die Bevölkerung in Schach zu halten und die Neigung zu drosseln, zwischen den Völkern Kriege anzuzetteln. Reichtum und persönliche Privilegien sind die Belohnung jener „Jäger", die zehn Opfer „erlegt" haben.

Fahrenheit 451 (Fahrenheit 451, 1966), nach der Vorlage des Romanklassikers von Ray Bradbury, zeigt eine furchterregende Zukunft, in der Feuerwehrleute als Abgesandte einer bücherverbrennenden Regierung nicht mit Wasser-, sondern mit Benzinschläuchen auftreten. Obwohl sich der Regisseur François Truffaut (1932–1984) nicht gänzlich an Bradburys Roman hält, kann man den Film durchaus mehrmals sehen. Nicolas Roegs Kameraführung ist hervorragend.

Wild in den Straßen (Wild in the Streets, 1968) beschreibt ein Amerika, in dem nur wenige Amerikaner von heute gern leben würden. Die Hälfte der Bevölkerung ist unter 25, und wer in „Pension" geht, hat fast ebenso Übles zu erwarten wie in *Flucht*

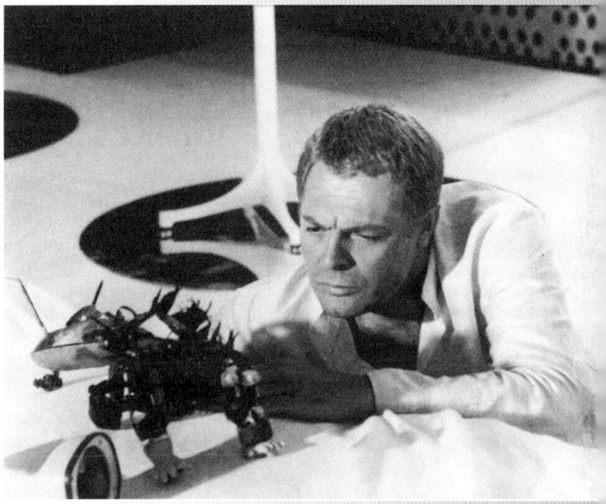

LINKE SEITE: **In George Orwells *1984* (1955) spielten Edmond O'Brien und Jan Sterling die Hauptrollen.**

RECHTS, VON OBEN: **In *Die Zeitmaschine* (1960) beherrschen die brutalen Morlocks die Zivilisation und ihre Bewohner; Marcello Mastroianni in *Das zehnte Opfer* (Italien, 1965), in dem Ursula Andress Männer jagt und tötet; Oskar Werner und Julie Christie in François Truffauts Filmfassung von *Fahrenheit 451* (1966).**

Copyright © 1971 by Warner Bros. Inc.

Copyright © 1971 by Warner Bros. Inc.

Copyright © 1973 by Metro-Goldwyn-Mayer, Inc.

ins 23. Jahrhundert (Logan's Run, 1976): Wer das Pech hat, 35 Jahre in diesem Utopia gelebt zu haben, verbringt den Rest seiner Tage gegen seinen Willen unter LSD-Einfluß.

Stanley Kubricks Film *Uhrwerk Orange (A Clockwork Orange,* 1971) bekam in Großbritannien Probleme mit der Zensur. Er wurde für drei Oscars in den Kategorien Bester Film, Beste Regie und Bester Schnitt nominiert, erhielt jedoch keinen. Die New Yorker Filmkritiker haben ihn jedoch zum besten Film des Jahres gekürt. Die Ultrabrutalität und die halluzinogenen Drogen gingen mir an die Nieren und haben mich mehr denn je davon überzeugt, daß ich mich glücklich schätzen kann, immer ein drogenfreies Leben geführt zu haben. Der futuristische Slang gefiel mir jedoch, da ich selbst ständig neue Begriffe präge (z. B. „Dieser Scientifilm ist eine Cineadaption des bekannten Romans von Anthony Burgess").

THX 1138 (THX 1138, 1971) zeigt George Lucas erstmals als Science-fiction-Filmemacher. Der Film beschreibt eine sterile unterirdische Schwarzweiß-Zukunft, die von Maschinen regiert wird, gegen die Robert Duvall revoltiert. Lucas' Ideen sind nicht taufrisch: Liebe ist, wie in *1984,* verboten; die Menschen tragen, wie in *Just Imagine,* Nummern; und die Fehlfunktionen der Technik und die Katastrophen folgen zahllosen Science-fiction-Parabeln. Trotzdem ist dies eine sehenswerte und unterhaltsame Arbeit des späteren Regisseurs von *Krieg der Sterne.*

Max Ehrlichs Drehbuch zu *Geburten verboten (Z. P. G – Zero Population Growth,* 1972) schildert ein überbevölkertes System der Zukunft, in dem es jedem für die nächsten 30 Jahre verboten ist, Kinder in die Welt zu setzen. Ein junges Paar ist mit der Regierung nicht einverstanden und trotzt dem Gesetz, indem es ein Kind bekommt – eine nicht gerade kluge Entscheidung.

Der Kassenschlager *Jahr 2022 ... die überleben wollen (Soylent Green,* 1973) basiert auf Harry Harrisons Roman *New York 1999* und war die letzte Rolle für Edward G. Robinson, dessen Sterbeszene um so ergreifender ist, wenn man weiß, daß er auch in Wirklichkeit schon vom Tod gezeichnet war. Im Jahr 2022 leiden die Menschen unter einer hohen Temperatur, die Erde ist überbevölkert, die Nahrung knapp. Charlton Heston macht die erschütternde Entdeckung, daß das synthetische Nahrungsmittel „Soylent Green" aus dem Fleisch von Toten hergestellt wird!

In der Welt von *Rollerball (Rollerball*, 1975) haben multinationale Konzerne die Staaten des 21. Jahrhunderts abgelöst und verblöden die Massen, indem sie ihnen in futuristischen Arenen Rollschuhkämpfe vorführen, die mit dem Tod der Spieler enden.

Frankensteins Todesrennen (Death Race 2000, 1975), nach einer Story von Ib Melchior, zeigt den frühen Sylvester Stallone. „Im Jahr 2000 ist Fahrerflucht kein Kapitalverbrechen mehr, sondern Volkssport!"

In *Flucht ins 23. Jahrhundert (Logan's Run*, 1976) fängt das Leben nicht mit 40 an, sondern endet für die meisten mit 30. Doch einige 30jährige haben nicht die Absicht, den Löffel so früh abzugeben: Michael York hat die Aufgabe, sie zu schnappen und auszuschalten. Außerhalb der überkuppelten und zum Untergang verurteilten Welt entdecken zwei Flüchtlinge einen alten Mann, der beweist, daß Langlebigkeit durchaus möglich ist.

In *Die Klapperschlange (Escape from New York*, 1981) zeigt Regisseur John Carpenter Manhattan im Jahr 1997 als eine Gefängnisinsel, auf der das Flugzeug des US-Präsidenten abstürzt! Eine finstere Vision, die zum Glück nicht wahr geworden ist.

Der Blade Runner (Blade Runner, 1982), nach Philip K. Dicks Roman *Träumen Roboter von elektrischen Schafen?*, ist ein echter Klassiker. In diesem futuristischen Polizeimelodram muß Harrison Ford in einer hektischen Metropole desertierte Androiden aufspüren. Die brodelnde, von Neonlicht beherrschte

LINKE SEITE, VON OBEN NACH UNTEN: **Malcolm McDowell als Anführer einer Schlägerbande in Kubricks *Uhrwerk Orange* (1971); ein silberner Polizeiandroide aus George Lucas' *THX 1138* (1971); Großreinemachen in *Jahr 2022 ... die überleben wollen* (1973).**

OBEN: ***Frankensteins Todesrennen* (1975) mit David Carradine.**

Ridley Scott machte aus einem Roman von Philip K. Dick den ausgefeilten, schwermütigen *Blade Runner.* In diesem Film, dem Inbegriff aller negativen Utopien, gehen Scott & Co. davon aus, daß L. A. im Jahr 2019 von Ölfeldern und hohen Gebäuden mit Außenwandbildschirmen wimmelt und im Dreck erstickt. Erschienen im gleichen Jahr wie *E. T.* und vom allgemeinen Publikum gemieden, wurde der Film von der von Voyager herausgegebenen Laserdisc am Leben erhalten, bis Warner dem Druck nachgab und die Fassung des Regisseurs herausbrachte: ohne Harrison Fords aufdringliche Kommentare, die auf Beharren des Studios kurz vor der Uraufführung eingefügt wurden.

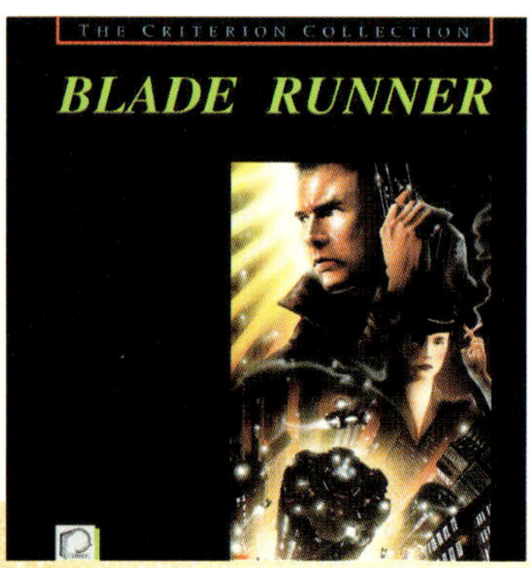

Stadt ist atemberaubend, das Innere des 100 Jahre alten Bradbury Building ist glänzend integriert und paßt bestens in die Handlung.

Terry Gilliams *Brazil (Brazil*, 1985) hat mir zwar nicht gefallen, aber seine alptraumhafte Beschreibung eines Orwell-Staates hat ihre Fans. Gilliams *12 Monkeys (12 Monkeys*, 1995) hat eine weitaus fesselndere Story: In dieser Zeitreisegeschichte reist einer der wenigen Überlebenden einer tödlichen Viruskatastrophe in die Vergangenheit, um den Untergang der Menschheit zu verhindern.

Terry Gilliam gehört zu den exzentrischsten Filmemachern der Gegenwart. Seine Visionen einer finsteren Zukunft scheinen mit jedem neuen Film in der gleichen chaotischen Welt zu spielen. Die papierkrambesessenen Bürokraten und Partylöwen, die Jonathan Pryce in *Brazil* (OBEN) nerven, quälen auch Bruce Willis in *12 Monkeys* (RECHTS).

Regisseur Ranald McDougall arbeitete mit einem Trick, den später Hunderte von Filmstudenten und TV-Werbespots nachahmten: Er ließ sein Team früh aufstehen, um Harry Belafonte (als letzten Menschen der Erde) beim Herumschlendern im menschenleeren Manhattan zu filmen *(Die Welt, das Fleisch und der Teufel,* 1959). Aber keine Sorge – er stößt schließlich auf Inger Stevens (die letzte Sexbombe der Welt).

Atomigeddon

Der erste Film, der nach einem Atomkrieg spielt, kam 1951 heraus und basierte auf dem 1938 gesendeten Hörspiel *The Word.* Die ursprüngliche Rundfunkfassung war ein Zwei-Personen-Stück über das letzte Paar der Erde. Nach dem Abwurf der ersten Atombomben fügte Autor Arch Oboler der Geschichte dieses neue Element und drei weitere Charaktere hinzu und benannte es in *Die letzten Fünf (Five)* um. Fünf Überlebende eines atomaren Alptraums vegetieren vor sich hin, heimgesucht von Rassismus und die Konkurrenz um den „Besitz" der letzten Frau der Erde. Der Werbefeldzug gab die Story treffend wieder:

Eins – Ein Mädchen.
Zwei – Zwei Stunden der packendsten Unterhaltung, die je verfilmt wurden.
Drei – Eine Geschichte über die drei elementaren Leidenschaften: Liebe, Haß, Angst!
Vier – Vier Männer allein mit dem Wissen, daß es auf der ganzen Welt nur noch eine Frau gibt!
FÜNF!

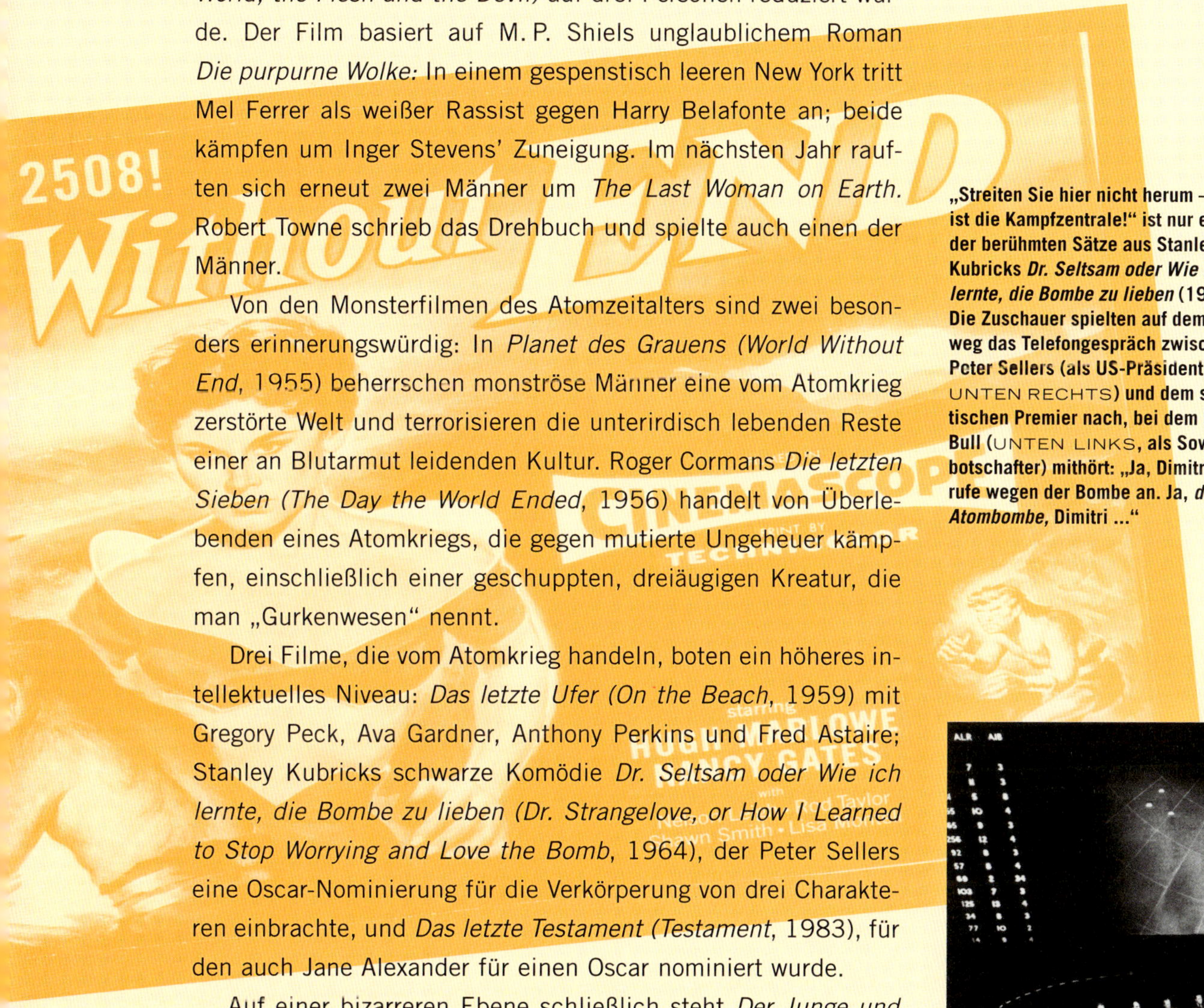

Das Thema wurde 1959 noch einmal aufgegriffen, als die Weltbevölkerung in *Die Welt, das Fleisch und der Teufel (The World, the Flesh and the Devil)* auf drei Personen reduziert wurde. Der Film basiert auf M. P. Shiels unglaublichem Roman *Die purpurne Wolke:* In einem gespenstisch leeren New York tritt Mel Ferrer als weißer Rassist gegen Harry Belafonte an; beide kämpfen um Inger Stevens' Zuneigung. Im nächsten Jahr rauften sich erneut zwei Männer um *The Last Woman on Earth.* Robert Towne schrieb das Drehbuch und spielte auch einen der Männer.

Von den Monsterfilmen des Atomzeitalters sind zwei besonders erinnerungswürdig: In *Planet des Grauens (World Without End*, 1955) beherrschen monströse Männer eine vom Atomkrieg zerstörte Welt und terrorisieren die unterirdisch lebenden Reste einer an Blutarmut leidenden Kultur. Roger Cormans *Die letzten Sieben (The Day the World Ended*, 1956) handelt von Überlebenden eines Atomkriegs, die gegen mutierte Ungeheuer kämpfen, einschließlich einer geschuppten, dreiäugigen Kreatur, die man „Gurkenwesen" nennt.

Drei Filme, die vom Atomkrieg handeln, boten ein höheres intellektuelles Niveau: *Das letzte Ufer (On the Beach*, 1959) mit Gregory Peck, Ava Gardner, Anthony Perkins und Fred Astaire; Stanley Kubricks schwarze Komödie *Dr. Seltsam oder Wie ich lernte, die Bombe zu lieben (Dr. Strangelove, or How I Learned to Stop Worrying and Love the Bomb*, 1964), der Peter Sellers eine Oscar-Nominierung für die Verkörperung von drei Charakteren einbrachte, und *Das letzte Testament (Testament*, 1983), für den auch Jane Alexander für einen Oscar nominiert wurde.

Auf einer bizarreren Ebene schließlich steht *Der Junge und sein Hund (A Boy and his Dog*, 1975), die düstere Story eines Halbwüchsigen und seines telepathischen Hundegefährten in einer vom Atomkrieg verheerten Ödnis. Als die beiden einem Mädchen begegnen, ist des Menschen bester Freund dem Hungertod nahe. Angesichts der Qualen seines vierbeinigen Freundes vergißt der Held sein Verlangen nach einer Bettgefährtin. Den haarsträubenden Höhepunkt könnte man so beschreiben: Junge trifft Mädchen, Hund frißt Mädchen.

„Streiten Sie hier nicht herum – dies ist die Kampfzentrale!" ist nur einer der berühmten Sätze aus Stanley Kubricks *Dr. Seltsam oder Wie ich lernte, die Bombe zu lieben* (1964). Die Zuschauer spielten auf dem Heimweg das Telefongespräch zwischen Peter Sellers (als US-Präsident, UNTEN RECHTS**) und dem sowjetischen Premier nach, bei dem Peter Bull (**UNTEN LINKS**, als Sowjetbotschafter) mithört: „Ja, Dimitri. Ich rufe wegen der Bombe an. Ja, *die Atombombe,* Dimitri ..."**

Die neue Hirnwelt

Wenn es um Hirnfunktionen geht, sollte man meinen, daß Hirnfilme zu den philosophischen, zum Nachdenken anregenden Kategorien gehören. Weit gefehlt! Die meisten Hirnfilme sind Schund. Es gibt jedoch einige sehenswerte Werke, die aus diesem Brei herausragen. Es folgt eine kleine Liste, die Ihnen helfen kann, dem Quatsch aus dem Weg zu gehen:

The Man Who Lived Again (1936) zeigt Boris Karloff in einem seiner besten Filme!

Woran erkennen Sie, daß Außerirdische das Gehirn Ihres Freundes geklaut haben? Daran, daß er viel Zeit damit verbringt, sich an den Kopf zu fassen – wie Marshall Thompson in *Ungeheuer ohne Gesicht* (1958) und Boris Karloff (RECHTS OBEN) in *The Man Who Lived Again* (1936)

beweisen. Dann ist da noch Joyce Meadows, die erkennt, daß es keinen Zweck hat: Man wird auch sie holen, als sie erfährt, daß *Die Augen des Satans* (1958) auch den Sheriff übernommen haben.

The Brain Eaters (1958) ist bemerkenswert, weil Robert A. Heinlein die Produzenten verklagte: Sie hatten die Idee seines Romans *Weltraummollusken erobern die Erde* geklaut. Heinleins Roman wurde 1994 unter dem Titel *Puppet Masters* verfilmt. *Star-Trek*-Fans wird interessieren, daß Leonard Nimoy in *The Brain Eaters* mitspielt.

1958 kamen zwei sehr alberne Hirnfilme heraus: In *Die Augen des Satans (The Brain from Planet Arous)* wird John Agar übel zugesetzt, als er seine Freundin verführen und nebenher die Welt beherrschen will. *Ungeheuer ohne Gesicht (Fiend Without a Face)*, nach Amelia Reynolds Longs Kurzgeschichte *The Thought-Monster* (1930), stellt im Finale fliegende Nackthirne vor. Um Exotik dieser Art entgegenzutreten, kam im gleichen Jahr *Kinder des Weltraums (The Space Children)* heraus und zeigte uns endlich ein gütiges Weltraumhirn, das auf der Erde auftaucht, um das atomare Wettrüsten zu beenden.

Die besten Hirnfilme sind eindeutig jene, die auf Curt Siodmaks *Donovans Gehirn* basieren. Der Roman wurde dreimal verfilmt. Im ersten Film spielt Erich von Stroheim mit; die Werbung für *The Lady and the Monster* (1944) nannte ihn „den Mann, den man gern haßt". Ein Wissenschaftler stößt auf das Opfer eines Flugzeugabsturzes. Der Mann ist tot, sein Hirn lebt noch. Der Wissenschaftler entnimmt es und bewahrt es in seinem Labor in einem Glasbehälter mit einer Flüssigkeit auf. Donovans Gehirn entwickelt telepathische Kräfte, steuert bald darauf den Laborassistenten und macht ihn zu seinem geistigen Sklaven. In der Fassung von 1953, der einzigen, die den gleichen Titel trägt wie der Roman, steuert das körperlose Hirn des Industriellen Donovan den Hirnchirurgen Dr. Cory und zwingt ihn, an seiner Stelle Untaten zu begehen. Diesmal wurde der Experimentator von Lew Ayres gespielt, dessen Partnerin keine Geringere als Nancy Davis (Reagan) war! Die letzte Version, *Ein Toter sucht seinen Mörder (Vengeance*, 1962), war eine britisch-deutsche Koproduktion mit Peter van Eyck als Chirurg (nun Dr. *Corry),* dessen Gehirn periodisch von dem lebenden Toten Max Holt übernommen wird. Holt setzt Corry als Detektiv ein, um herauszufinden, wer für sein „Ableben" verantwortlich ist. Das Ende deutet eine (nie produzierte) Fortsetzung an, da das Gehirn nicht vernichtet wird, sondern seinen Retter weiterhin beherrscht.

Vor einigen Jahren sah ich auf dem jährlich im spanischen Sitges stattfindenden Fantasy-Filmfestival einen russischen Science-fiction-Streifen mit dem Titel *Das Vermächtnis des Professors Dowell (Saweschtschanije Professora Douelja)*, der auf dem gleichnamigen Roman von Alexander Beljajew basiert. Siodmak wurde zwar nicht erwähnt,

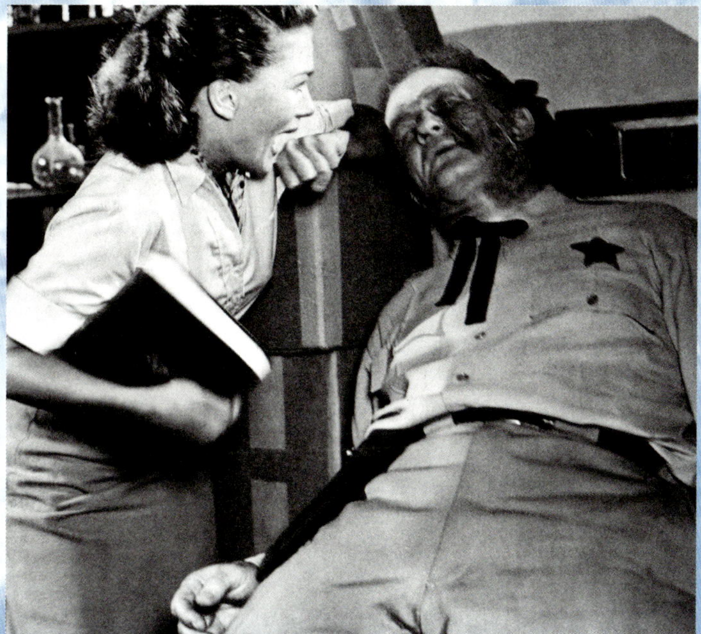

Zu den größten Filmen der frühen Tonfilmära zählt *King Kong und die weiße Frau* (1933), eine bizarre Ausgeburt der Regisseure Merian C. Cooper und Ernest B. Schoedsack. Sie überredeten den RKO-Produzenten David O. Selznick, das Projekt zu finanzieren. Ganz Hollywood hielt sie für verrückt. Nie zuvor hatte man derlei versucht, doch der Film legte den Stil des Monsterfilms fest und beeinflußte fast jeden, der nach ihm kam.

UNTEN: Regisseur Carl Denham (gespielt von Robert Armstrong) bei einer Probe mit Ann Darrow (gespielt von Fay Wray) vor der Landung auf Skull Island, wo Gerüchte über einen Riesenaffen umgehen. Denham und seine Crew müssen viele Abenteuer bestehen, ehe sie das Tier endlich aufspüren und nach New York bringen.

aber die sowjetische Geschichte ist ansonsten mit *Donovans Hirn* identisch.

Carl Reiners *Der Mann mit zwei Gehirnen (The Man With Two Brains*, 1983) mit Steve Martin und Kathleen Turner ist ein herrlicher Ulk: Martin lechzt zwar nach Turners Kurven, aber er liebt den Grips einer anderen. Raten Sie mal, wie er das Problem löst.

Riesenstars im Science-fiction-Film: Dinosaurier, Menschenaffen und Reptilien

Der Tricktechniker Willis H. O'Brien wurde für seine Arbeit an der Gorilla-Geschichte *Panik um King Kong (Mighty Joe Young*, 1949) mit einem Oscar ausgezeichnet. Sein erstes Projekt, mehr als 30 Jahre zuvor, war *The Dinosaur and the Missing Link,* ein Edison-Kurzfilm von 1914. O'Brien trat auch in *The Ghost of Slumber Mountain* (1918) auf, einem weiteren Kurzfilm über Dinosaurier. 1925 animierte er 49 von Marcel Delgado gebaute prähistorische Lebewesen (u.a. auch einen Pterodactylus, der sich nun in meiner Sammlung befindet) für die Filmadaption von Sir Arthur Conan Doyles *Die verlorene Welt*. Auch in Merian C. Coopers Riesenaffen-Meisterwerk *King Kong und die weiße Frau (King Kong*, 1933) verblüffte O'Briens Geschick das Publikum. (Ich erwarb das Modell des Pteranodons, das Fay Wray entführen will, vom Bruder des verstorbenen Rod Serling.)

Zu meinem Verdruß produzierte Dino De Laurentiis die *King-Kong*-Version von 1976, ließ die Dinosaurier jedoch weg. Dinosaurier waren ein integraler Bestandteil des ursprünglichen *King Kong;* die dinolose Neuverfilmung war in etwa so, als hätte man *Die Al-Jolson-Story* ohne Al als Sänger oder *Die Fred-Astaire-Story* ohne den tanzenden Fred neu verfilmt!

Die Japaner führten uns in *Godzilla (Gojira*, 1954) ihren eigenen King Kong vor. Der 120 Meter große Riesendrache unterschied sich von anderen gigantischen Kinolebewesen (Kong, Mighty Joe Young, Ymir) darin, daß er von einem verkleideten Menschen statt von Miniaturmodellen gespielt wurde, wie Willis

"THE MOST AWESOME THRILLER OF ALL TIME"
the one and only
KING KONG
with
FAY WRAY
ROBT. ARMSTRONG
BRUCE CABOT
A
MERIAN C. COOPER –
ERNEST B. SCHOEDSACK
PRODUCTION
FROM A STORY BY
EDGAR WALLACE
AND
MERIAN C. COOPER
Chief Technician
WILLIS J. O'BRIEN
RKO RADIO PICTURES
DAVID O. SELZNICK
Executive Producer

„Keine Bange, meine Damen und Herren, die Ketten sind aus Chromstahl ...“ Tja, doch King Kong ließ sich ebensowenig festhalten wie Houdini. Cooper und Schoedsack wußten, was sie taten, als sie Kong aufs Dach des gerade erbauten Empire State Building klettern ließen – daraus wurde eine der atemberaubendsten Szenen der Filmgeschichte.

Copyright © by Toho-Eizo Co., Ltd.

H. O'Brien oder Ray Harryhausen sie animierten. Das Reptil Godzilla wird im ersten Film durch die Explosion einer Atombombe aus dem Tiefschlaf geweckt und zieht los, um Japan zu vernichten. Etwa ein Dutzend Inkarnationen später wandelt es sich von einem Ungeheuer, das Menschen und Häuser zertrampelt, zu einer Heldenfigur. *Godzilla* zeugte eine ganze Reihe von Imitatoren und Konkurrenten wie Atragon, Biollante, Gaigan, Gamera, Ghidrah, Gigantis, Mechagodzilla, Megalon, Zero, Mothra, das Meerungeheuer, das Smogungeheuer und das Ding. Er kämpfte sogar gegen King Kong – wobei er in Amerika gegen ihn verlor und ihn in Japan besiegte.

Copyright © 1956 by Godzilla Releasing Company

Die *Jurassic-Park*-Filme zeigen die glaubwürdigsten Dinosaurier, die man je auf der Leinwand sah. Obwohl beide Filme sich als Megahits erwiesen, zeigt keiner einen Charakter, der beim Publikum sonderlich ankam. Jeff Goldblum (UNTEN) ist der einzige Schauspieler, der in beiden Filmen auftritt. Hier sind eindeutig die Saurier die Stars. Als herauskam, Spielbergs Fortsetzung solle *Vergessene Welt: Jurassic Park* heißen, nahm ich irrtümlich an, der Meisterregisseur wolle Sir Arthur Conan Doyles klassische Sauriergeschichte neu verfilmen. Ebenso hatte ich gehofft, seine TV-Serie *Steven Spielberg's Amazing Stories* bringe klassische (und längst vergessene) Erzählungen aus dem Pulp-Magazin *Amazing Stories* auf den Bildschirm.

Nützen Pistolenkugeln etwas gegen mutierte Riesenameisen? James Whitmore und Joan Weldon versuchen es in *Formicula* (1954).

RECHTE SEITE: Die ultimative Insektenstory: *Die Fliege.* In der Fassung von 1968 (OBEN) hat David Hedison sich vermummt, um zu verbergen, daß er mutiert, und zeigt der skeptischen Patricia Owens die Steuerung seines Materietransmitters. In der Neuverfilmung von David Cronenberg (1986) ist Jeff Goldblum gerade im Begriff, sich die Fingernägel auszureißen – in Großaufnahme.

Insekten

Der Film *Formicula (Them!)*, in dem Atomversuche Riesenameisen hervorbringen, war der erfolgreichste Warner-Brothers-Film des Jahres 1954. Die Insekten werden zwar durch

Giftgas ausgerottet, aber was geschieht mit den Eiern der Königin? *Formicula* ist *der* klassische Insektenfilm!

Tarantula (Tarantula, 1955*)* und *Die unglaubliche Geschichte des Mr. C (The Incredible Shrinking Man*, 1957), beide von Jack Arnold inszeniert, zeigen Riesenspinnen, die eindeutig furchterregender sind als Ameisen. Im ersten Film fallen Rinder, Menschen und Autos einer Spinne zum Opfer, die mit Spezialnahrung ernährt wurde. Im zweiten (Autor war der mit dem Hugo Award preisgekrönte Richard Matheson) schrumpft der verstrahlte Held auf zwei Zentimeter Größe und hat nicht nur Schwierigkeiten mit einer haarigen Spinne, sondern auch mit der Hauskatze.

In Kurt Neumanns *Die Fliege (The Fly*, 1958) konstruiert ein Forscher einen Materietransmitter, der einen Teil seines Körpers unerwartet mit dem einer Fliege vertauscht. (Regisseur David Cronenberg inszenierte die Geschichte 1986 werkgetreu neu, doch viel aufwendiger und blutiger. In beiden Fassungen werden Sie Augen machen.)

Unsichtbarkeit

Im Jahre 1898 veröffentlichte H. G. Wells den Roman *Der Unsichtbare*, der seit den Anfangstagen des Kinos so manchen Filmemacher inspiriert hat.

In dem Biograph-Kurzfilm *The Invisible Fluid* (1908) hat ein Wissenschaftler eine Flüssigkeit entwickelt, die einen für zehn Minuten unsichtbar macht, wenn man sie per „Atomisierer" versprüht. Der Atomisierer fällt in die Hände eines jungen Scherzbolds, der u.a. eine Braut zum Kreischen bringt, indem er ihren Bräutigam „löscht". Am Ende seines Ulkstreifzugs wird er von den Behörden gestellt, die den Atomisierer als Beweis beschlagnahmt haben. Man bittet den jungen Mann, seine unglaublichen Taten vor Gericht zu demonstrieren; sobald er wieder die Kontrolle über den Atomisierer hat, macht er sich unsichtbar und entwischt.

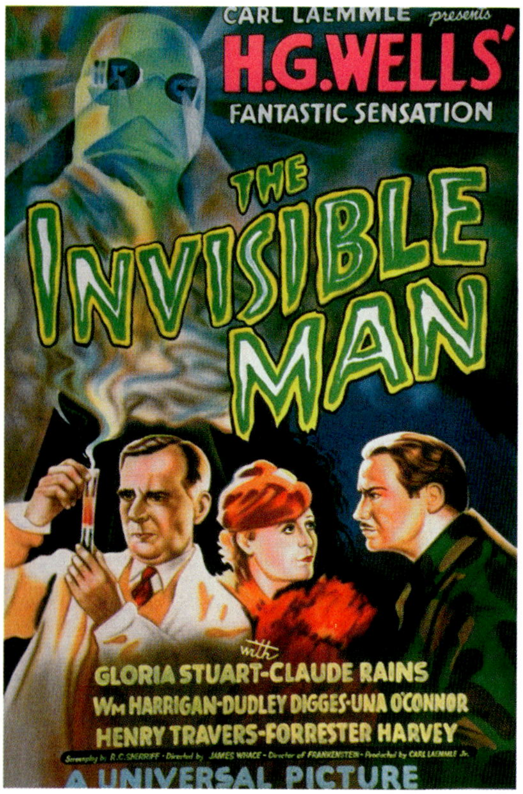

Der französische Kurzfilm *L'Homme Invisible* (1910) beginnt mit einer Aufnahme des Wells-Romans. Diesmal trinkt der Hauptdarsteller eine Flüssigkeit und wird eher zu einer Bedrohung als zu einem Scherzbold. Er raubt ein Haus und ein Paar aus und terrorisiert die ihn jagende Polizei.

1923 spielte Henry B. Walthall (der legendäre kleine Colonel aus *The Birth of a Nation,* 1915) die Hauptrolle in *The Unknown Purple:* Ein Wissenschaftler wird unschuldig zu einer Gefängnisstrafe verurteilt. Nach der Entlassung erfindet er ein violettes Licht, das ihn unsichtbar macht, so daß er sich an jenen rächen kann, die ihm übel mitgespielt haben.

1933 trat Claude Rains im größten filmischen Unsichtbarkeitsklassiker aller Zeiten auf – James Whales *Der Unsichtbare (The Invisible Man).* Etwa 60 Jahre später hatte ich die Ehre, in Anwesenheit von Persönlichkeiten wie Ray Bradbury, Robert Bloch, Curt Siodmak, Richard Matheson, Ann Robinson, William Schallert, Joe Dante, John Landis u.v.a. dem weiblichen Star dieses Films, der tollen Gloria Stuart, gegenüberzusitzen und Rains' Rolle, so gut ich es konnte, aus einer ihrer Szenen vorzulesen. Es war ein Höhepunkt meines Lebens. Gloria schmeichelte mir, indem sie sagte: „Forry, Sie waren besser als Mr. Rains."

Nein, Gloria, nein; nicht in 1000 Jahren, aber es gefällt mir, daß Sie es glauben.

Zu den Fortsetzungem gehören *Der Unsichtbare kehrt zurück (The Invisible Man Returns,* 1940), *Der unsichtbare Agent (The Invisible Agent,* 1942) und *Der Unsichtbare nimmt Rache (The Invisible Man's Revenge,* 1944). Es gab auch *Abbott und Costello auf Sherlock Holmes' Spuren (Abbott and Costello Meet the Invisible Man*, 1951) und natürlich *Die unsichtbare Frau (The Invisible Woman*, 1941, mit Virginia Bruce und John Barrymore). Filmemacher in Deutschland, Japan, Mexiko und der Türkei schufen eigene Unsichtbare. Mr. Wells, was haben Sie da bloß losgetreten!

Dr. Jekyll und Mr. Hyde

Robert Louis Stevensons Erzählung über den Experimentator, der – mit katastrophalen Folgen – den Versuch macht, die finstere Seite der menschlichen Seele mit chemischen Mitteln von der hellen zu trennen, gehört zu den meistverfilmten Science-fiction-Stories aller Zeiten. Zwischen 1908 und 1925 gab es nicht weniger als ein Dutzend Versionen. In der, an die man sich am besten erinnert, spielte John Barrymore mit, der beliebteste Kinoheld dieser Zeit, der den Wechsel von Jekyll zu Hyde 1920 ohne Maske bewerkstelligte! In einem anderen Film aus dem gleichen Jahr konnte man Conrad Veidt (als Dr. Warren und Mr. O'Connor) und Bela Lugosi (!) in der deutschen Fassung *Der Januskopf* sehen. Zu den ungewöhnlichsten Versionen zählte die Komödie *Dr. Pickle and Mr. Pride* (1925), in der kein anderer als Stan Laurel auftrat! Rouben Mamoulians Version von 1932 trug Fredric March den ersten seiner beiden Oscars ein. Die Geschichte wurde 1941 mit Spencer Tracy, Ingrid Bergman und Lana Turner neu verfilmt. Kirk Douglas und Michael Redgrave spielten die Hauptrollen in einer nicht besonders guten TV-Musicalfassung

Der unvergleichliche John Barrymore in *Dr. Jekyll und Mr. Hyde* (1920).

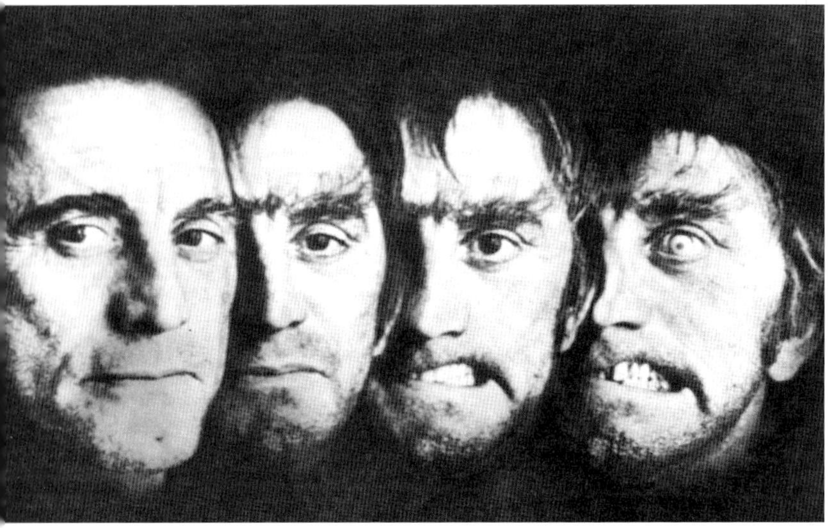

(1973), und 1976 wurde in *Dr. Black and Mr. Hyde* aus einem Schwarzen ein weißhäutiges Monster. Tim Daly aus der TV-Serie *Wings* spielte die Hauptrolle in dem Flop *Dr. Jekyll and Mr. Hyde* (1995). Hier werden dem berühmten Wässerchen Östrogene hinzugefügt – mit vorhersehbar dümmlichen Folgen.

Lieder zum Thema Liederlichkeit? In der TV-Fassung von *Dr. Jekyll und Mr. Hyde* (1973) mit Kirk Douglas kamen sie vor (OBEN). Die beste Version wurde von Rouben Mamoulian (1932) inszeniert: Fredric March, der im gleichen Jahr den Oscar als bester Schauspieler erhielt, sieht zwar im Abendanzug gut aus, aber passen Sie auf, wenn er das Serum trinkt!

Roboter

Der tollste Roboter aller Zeiten wurde 1927 für Fritz Langs *Metropolis* von Walter Schultze-Mittendorf erschaffen, der ihn kurz vor seinem Tod für die Cinémathèque in Paris neu konstruierte, da das Original nicht mehr existiert. Als ich mir eine Imitation bauen ließ – Bill Malone und Oscar-Preisträger Bob Short brauchten für die Arbeit eineinhalb Jahre und 600 Arbeitsstunden –, gab ich der Robot-Dame den Rücken einer Nudistin, die ich auf dem FKK-Gelände, das ich mehrere Jahre frequentierte, bewundert hatte. Ich taufte sie Ultima Futura Automaton, nach den Initialen der UFA (Universum Film-Aktiengesellschaft), des Studios, das sie bauen ließ.

Andere berühmte Roboter neben der *Metropolis*-Maria sind Gort aus *Der Tag, an dem die Erde stillstand (The Day the Earth Stood Still)* und Robby aus *Alarm im Weltall (Forbidden Planet)*. Der Roboter aus *Tobor the Great* (Tobor = Robot) stand nur ein paar Stunden im Schaufenster eines Geschäfts, dann wurde er gestohlen.

Der tschechische Autor Karel Čapek, der glücklicherweise starb, bevor Hitler ihn hätte umbringen lassen, schenkte der Welt in dem berühmten Bühnenstück *W. U. R. Werstand Universal Robots* das Wort *Robot* (tsch. = Arbeiter). Rossum ist das tschechische Wort für „Gehirn". Eigenartigerweise waren die Roboter in Čapeks Stück Wesen aus Fleisch und Blut, die man heute eher Androiden nennen würde. Filmroboter sind im Prinzip mechanische Wesen mit humanoidem Äußeren. Erstaunlich, daß *W. U. R.* nie verfilmt wurde. Unten übernimmt der Roboter Robby in *Alarm im Weltall* (1956) die Kontrolle.

Die Roboter-Schurkengalerie:

OBEN LINKS: ***Der Koloß von New York*** **(1958);** OBEN: **Robby der Roboter aus *Alarm im Weltall* (1956);** LINKS: ***Tobor the Great*** **(1954).**

RECHTE SEITE: **Szene aus *Flucht ins 23. Jahrhundert* (1976); Bruce Dern mit einer Drohne aus *Lautlos im Weltraum* (1971).**

FORRYS BLECHKUMPEL MEINE LIEBLINGSROBOTER

Die falsche Maria in *Metropolis* (1927).

Die Robotersklaven aus Murania in *Phantomreiter (The Phantom Empire*, 1935, mit Gene Autry!).

Gort in *Der Tag, an dem die Erde stillstand (The Day the Earth Stood Still*, 1951).

Chani in *Devil Girl from Mars* (1954).

Gog und Magog in dem 3-D-Film *Gog* (1954).

Die mit Todesstrahlen ausgerüsteten Roboter in *Target Earth* (1954).

Tobor the Great (1954).

Der Koloß von New York (The Colossus of New York, 1958), ein Roboter mit eingebautem Menschenhirn.

Huey, Dewey und Louie (Tick, Trick und Track), die von Beinamputierten dargestellt wurden, in *Lautlos im Weltraum (Silent Running*, 1971).

Maximilian in *Das schwarze Loch (The Black Hole*, 1979), der Handlanger des Bösewichts, der so aussehen sollte wie der Dämon in Disneys *Fantasia.*

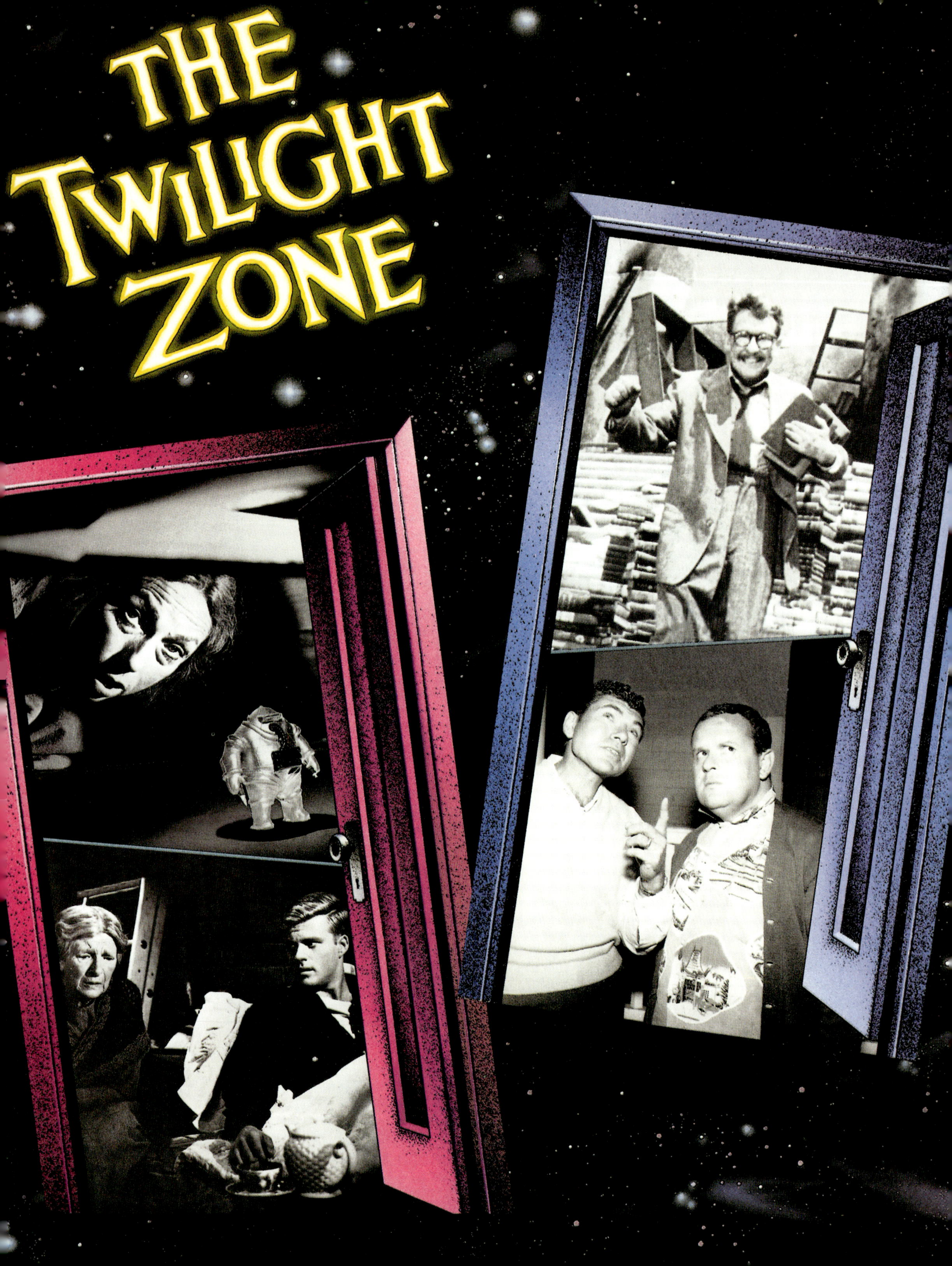
THE TWILIGHT ZONE

5. KAPITEL

SCIENCE-FICTION IM FERNSEHEN

Das Fernsehen hat weniger Science-fiction-Klassiker produziert, als man vielleicht glaubt. Im Gegensatz zu Pulps wie *Argosy,* die es Ende des 19. Jahrhunderts massenhaft gab, und im Vergleich zu den zahlreichen Filmen des 20. Jahrhunderts, ist das Fernsehen noch sehr jung. Obwohl man schon in den 20er Jahren bestimmte Ereignisse sendete, dauerte es jedoch bis zum Anfang der 50er Jahre, ehe sich Fernsehapparate in großer Zahl in amerikanischen Haushalten befanden. In diesem Kapitel folgt eine – keineswegs vollständige – Übersicht über jene Science-fiction-Serien, die das Fernsehen sendete und die einen wichtigen Beitrag zum Genre geleistet haben.

Unwahrscheinliche Geschichten

Dem gespannten Zuschauer wurde 1959 der Produzent, Moderator und Autor Rod Serling mit folgenden Worten vorgestellt: „Hinter dem, was der Mensch kennt, existiert eine fünfte Dimension, die so gewaltig ist wie der Weltraum und so zeitlos wie die Unendlichkeit. Sie liegt zwischen Licht und Schatten, zwischen dem Abgrund der Ängste des Menschen und dem Gipfel seines Wissens: die Dimension der Phantasie. Ein Gebiet, das wir *Zwielichtzone* nennen." Bis 1963 hatte seine TV-Reihe *The Twilight Zone* über 150 Episoden präsentiert. Die meisten fielen in die Kategorie des Phantastischen. Die Episode *Time Enough at Last* basierte auf einer Story von Lyn Venable: Burgess Meredith spielt nach einem atomaren Angriff den letzten Menschen in New York, der sich freut, endlich ungestört all die guten Bücher in der Stadtbibliothek lesen zu können ... bis der stark kurzsichtige Mann seine einzige Brille fallen läßt und sie zerbricht!

Es gab über ein Dutzend Episoden von Richard Matheson, u.a. auch Zeitreisestories wie *And When the Sky Was Opened*, *Der dritte Planet* und *The Invaders* (mit Agnes Moorehead). Andere

***The Twilight Zone* ist ein Kulturphänomen. Jeder, ob jung oder alt, hat mindestens einige Folgen gesehen.**

GANZ OBEN: **Antoinette Bower und Richard Basehart als Adam und Eva in *Probe 7 – Over and Out*.**

OBEN: **Jonathan Winters stachelt Jack Klugman in *A Game of Pool* an.**

RECHTS: **John Hoyt lauscht Inger Stevens, die in *The Lateness of the Hour* alles erklärt.**

In den *Twilight-Zone*-Episoden tauchten manchmal ziemlich große Namen auf. Die Frauen, die mit ihnen litten – nun, wer weiß?

OBEN: Lee Marvin zögert, die Flasche anzunehmen, die Ellen Willard ihm in der Folge *From Beyond the Grave* offeriert.

UNTEN: Roddy McDowall und Susan Oliver in der Marsgeschichte *People Are Alike All Over.*

Zeitreisegeschichten waren *The Last Flight* und *Once Upon a Time* mit Buster Keaton als Hausmeister, der 72 Jahre in die Zukunft versetzt wird. In der Roboterstory *Ring frei!* trat Lee Marvin auf, und die klassische Erzählung *Nightmare at 20 000 Feet* zeigte den jungen William Shatner in der Hauptrolle.

Ray Bradbury verfaßte *Gesänge des Computers* über eine Androidengroßmutter.

Serling selbst schrieb über 80 Folgen. Viele hatten starken Phantastik-Gehalt. Es ging um paranormale Phänomene wie Telepathie, parallele Dimensionen und Vorahnungen; viele waren psychologisch ausgerichtet und drehten sich um Themen wie Paranoia, Wunschdenken und unterdrückte Erinnerungen. Serling hatte freilich auch eine deutliche Vorliebe für die Sciencefiction, die im Weltraum spielte. *The Long Morrow* handelt z. B. vom Anti-Alterungs-Apparat eines Astronauten. Serling schrieb auch die Marsgeschichten *People Are Alike All Over* und *Will the Real Martian Please stand Up? The Midnight Sun* beschreibt den Sturz der Erde in die Sonne; in *The Gift* töten die Menschen einen Außerirdischen, der ihnen ein Krebsheilmittel schenken will, und in *On Thursday We Leave for Home* weigert sich der auf einem unwirtlichen Planeten gestrandete Captain Benteen (James Whitmore), zur Erde zurückzukehren.

The Twilight Zone war auch dafür bekannt, vielen späteren TV- und Filmstars eine Chance gegeben zu haben: Beispiele sind Bill Bixby, Charles Bronson, Carol Burnett, Jeanne Cooper *(The Young and the Restless),* Robert Duvall, Peter Falk, Jack Klugman, Ted Knight, Martin Landau, Cloris Leachman, Emily McLaughlin *(General Hospital),* Bill Mumy *(Lost in Space),* Leonard Nimoy, Robert Redford und Burt Reynolds, aber auch Veteranen wie Buster Keaton und Mickey Rooney. Die Episoden werden seit Jahrzehnten wiederholt und sind noch immer so gut wie viele der ausgezeichneten Akteure.

The Outer Limits

Man ist vielleicht verlockt, *The Outer Limits* eine *Twilight Zone* für Arme zu nennen, aber die Serie war nie minderwertig und mit ihrer Vorliebe für Insekten, Bienen, schleimige Außerirdische etc. deutlich schauriger. Von 1963–1965 wurden 49 Episoden ausgestrahlt: Mein Freund Joseph Stefano, der Robert Blochs Roman *Psycho* für den Hitchcock-Film von 1960 adaptierte, war Produzent der ersten 32 Folgen.

Einige Drehbücher basierten auf Werken bekannter Science-fiction-Autoren – z. B. David Duncans *The Immortals (Galaxy,* Oktober 1960) und *The Human Factor*, Harlan Ellisons *Soldier* und *Demon With a Glass Hand* (beides Hugo-Preisträger), Clifford Simaks *The Duplicate Man* und Jerry Sohls *The Invisible Enemy*.

Anmerkung für *Star-Trek*-Fans: In der Adaption von Otto Binders *Ich, der Robot (Amazing Stories,* Januar 1939) spielt Leonard Nimoy mit. In *Cold Hands, Warm Heart* tritt William Shatner als Astronaut auf, der nach einem Flug zur Venus an einem heftigen Trauma leidet.

The Jetsons **gehörte zu den bekannteren Science-fiction-Zeichentrickserien. George Jetson und seine Familie begegneten nur selten Gefahren – die Serie war eine Sitcom mit cleveren Schilderungen der Zukunft im Weltraumzeitalter (Robot Kindermädchen, Verkehrsstau in der Luft).**

OBEN: **Ein Teil der legendären Crew des Raumschiffs *Enterprise.***

IM UHRZEIGERSINN VON LINKS OBEN: **Nichelle Nichols als Lieutenant Uhura, DeForest Kelley als „Pille" McCoy, William Shatner als Captain Kirk, Leonard Nimoy als Mr. Spock.**

RECHTE SEITE: **Kirk und Spock verteidigen sich mit Phasern bei einer Mission, in der sie mutig dorthin gehen, wo noch niemand zuvor gewesen ist.**

Star Trek

Raumschiff Enterprise (Star Trek) ist ein echtes TV-Phänomen. Was 1966 als bescheidene NBC-Serie mit drei Staffeln begann, wurde zum ständig wiederholten Science-fiction-Klassiker, der drei TV-Ableger und über ein halbes Dutzend Leinwandhits sowie Trickfilme, Kongresse und Internetseiten hervorbrachte.

Star Trek ist ein echtes Kind der 60er Jahre. Als sich das verbissene Wettrennen um die Eroberung des Alls zwischen den USA und der UdSSR beschleunigte, stieg das öffentliche Interesse am Weltraum deutlich an. Zudem war diese Ära eine revolutionäre Periode der US-Geschichte: die Bürgerrechtsbewegung, die Emanzipation der Frau und die sexuelle Befreiung nahmen Einfluß auf die Zukunft, so daß Gene Roddenberry, der Schöpfer und Produzent der Serie, eine *Enterprise*-Mannschaft zusammenstellte, die diese Veränderungen reflektierte: Mr. Spock, Captain Kirks Erster Offizier, ist keine Dutzendgestalt, sondern halb Mensch, halb Vulkanier. Die Funkzentrale wird von einer afroamerikanischen *Frau* befehligt; Steuermann und Navigator des Raumschiffs sind ein Russe und ein Japaner. Das Gefühl der Brüderlichkeit der einzelnen Episoden bildete das eigentliche Fundament der Serie.

Auch die Qualität der Drehbücher spielte eine wichtige Rolle für die Langlebigkeit der Serie: Einige der bekanntesten Science-fiction-Autoren – darunter Richard Matheson, Robert Bloch, Theodore Sturgeon, Harlan Ellison – arbeiteten von 1966 bis 1969 an *Star Trek* mit.

Zehn Jahre nach der letzten Episode kam Roddenberrys Schöpfung schließlich ins Kino. Von 1978 bis 1986 wurden mit der alten NBC-Besetzung vier ausnahmslos erfolgreiche *Star-Trek*-Filme produziert. 1987 kreierte Roddenberry dann *Star*

OBEN: **Die Crew stieß während ihrer Abenteuer oft auf hübsche Außerirdische. Obwohl Kirk in der Regel ihr Herz gewann, zeigt obige Dame eine deutliche Vorliebe für Mr. Spock.**

UNTEN LINKS: **Vorsicht! Die *Enterprise* nähert sich einem amöbenartigen Lebewesen im All.**

UNTEN RECHTS: **Spock begegnet Wesen, die auf ihrer Heimatwelt das alte Rom neu erschaffen haben.**

RECHTE SEITE, OBEN: **Kirk betrachtet säuerlich die liebenswerten, doch allgegenwärtigen Tribbles, deren schnelle Fortpflanzung sein Schiff bald von ihnen wimmeln läßt.**

RECHTE SEITE, UNTEN: **Noch ein römisches Motiv.**

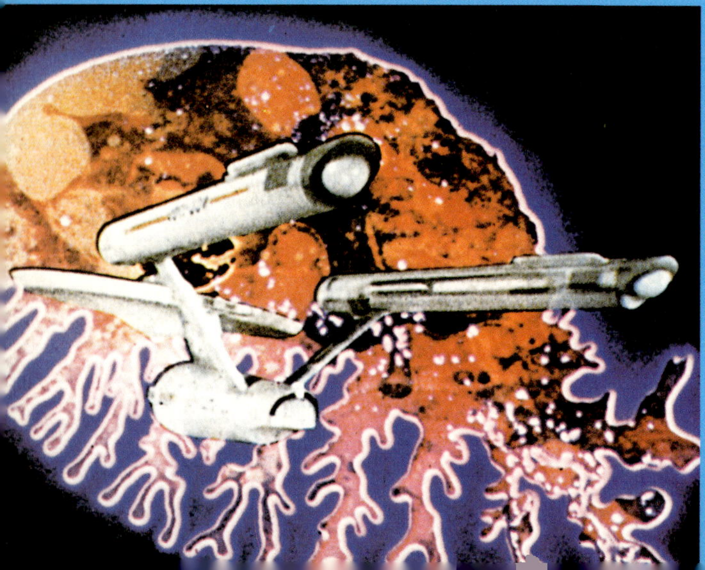

Ein Jahrzehnt nach der letzten Folge der alten *Star-Trek*-Serie führte Paramount den ersten von acht erfolgreichen Kinofilmen auf.

OBEN: In *Star Trek III: Auf der Suche nach Mr. Spock* entern Klingonen die *Enterprise.* Sie suchen die Mannschaft, die sich von Bord gebeamt hat und im Begriff ist, das Schiff zu sprengen.

Trek: Das nächste Jahrhundert (Star Trek: The Next Generation), eine TV-Serie, auf die manche Puristen zuerst nicht wild waren. Doch *Das nächste Jahrhundert* hatte spontan Erfolg und gab Roddenberry die Möglichkeit, auch im Fernsehen High-Tech einzusetzen. So innovativ und einflußreich die alte *Star-Trek*-Serie auch war, wirkt sie heute doch überholt und leicht kitschig. *Das nächste Jahrhundert* erlebte sieben erfolgreiche Staffeln, und die alte *Enterprise*-Besatzung war in zwei weiteren *Star-Trek*-Kinofilmen zu sehen. 1994 bildete eine Vereinigung der alten und neuen Mannschaft (ohne Spock) die Grundlage des Films *Star Trek: Treffen der Generationen (Star Trek: Generations).*

Star Trek: Deep Space Nine (dito) und *Star Trek: Voyager* (dito) sind Serien der 90er Jahre. Das *DS9*-Raumschiff *Defiant* entdeckt im All ein Loch, das als Hochgeschwindigkeitstunnel in unkartografierte Galaxien dient. Die *Voyager* verirrt sich im Weltraum und sucht einen Weg nach Hause. *Voyager* begann zwei Jahre nach *DS9*.

Irwin Allen

Ohne das *Star-Trek*-Phänomen müßte die TV-Science-fiction der 60er Jahre dem Produzenten Irwin Allen gehören. Allen brachte 1964 in wöchentlicher Folge das U-Boot *Seaview* ins US-Fernsehen: Es bekämpfte irdische Feinde (aus anderen Ländern), Fremdlinge aus dem All – und gewann immer. Die Serie hieß *Mission Seaview (Voyage to the Bottom of the Sea)* und basierte auf dem gleichnamigen Kinofilm von 1961. Über 100 Folgen wurden ausgestrahlt.

Lost in Space kam, wie auch *Raumschiff Enterprise,* 1965 heraus. Die Serie erlebte zwar nur drei Staffeln, hat der Massenkultur aber aufgrund zahlreicher Wiederholungen in den letzten 30 Jahren ihren Stempel aufgedrückt. In dieser Familienserie düsen die Eheleute John und Maureen Robinson mit ihren Kindern Judy, Penny und Will, dem stattlichen Kopiloten Major Don West, einem jämmerlich simplen, doch liebenswerten Roboter und dem blinden Passagier und Saboteur Dr. Smith durch die Galaxien. Das Raumschiff *Jupiter 2* ist vom Kurs abgekommen: Woche für Woche kommt man der Heimat näher, doch man wird immer wieder von Hindernissen aufgehalten – „schlechtem Wetter" im All, bösen Außerirdischen, Treibstoffmangel.

1966, als *Mission Seaview* und *Lost in Space* noch liefen, produzierte Allen *Der Zeittunnel (The Time Tunnel).* Diese Serie überdauerte zwar nur 30 Folgen, doch unternahmen die Helden in dieser Periode Zeitreisen auf die *Titanic,* nach Pearl Harbor, in den Krieg von 1812, zur Schlacht von Troja, zu Custers letztem Aufgebot, nach Alamo und Gettysburg und lernten dabei illustre Persönlichkeiten wie Marie Antoinette, Robin Hood, Neros Geist, den Schlächter Cortez, Billy the Kid, Kublai Khan und die üblichen außerirdischen Schurken und Lumpen kennen.

1968 führte Allen uns schließlich zum *Planet(en) der Giganten (Land of the Giants).* Diese Serie brachte es auf zwei Staffeln und zeigte Bilder, die man schon aus Filmklassikern der 50er (etwa *Die unglaubliche Geschichte des Mr. C* und *Formicula)* kannte: Winzige Menschen kämpfen gegen Riesenkäfer etc.; irdische Raumfahrer stoßen auf Riesen, die sie als Zwerge

Richard Basehart (UNTEN, mit Gaststar Victor Buono) spielte in Irwin Allens *Mission Seaview (Voyage to the Bottom of the Sea)*, die eine *Mad*-Parodie einst „See what's on the Bottom" nannte, einen strengen U-Boot-Kapitän. Darunter wehrt sich Deanna Lund in der Serie *Planet der Giganten (Land of the Giants)* gegen einen riesigen Entomologen, den Gaststar Don Watters spielt.

OBEN: ***Verschollen zwischen fremden Welten (Lost in Space)*****: Die Akteure Jonathan Harris (Dr. Smith) und Billy Mumy (Will Robinson) posieren auf einem Kongreß mit einem Roboter.**

RECHTS: **June Lockhart, Marta Kristen und Angela Cartwright als Mutter Maureen Robinson mit ihren Töchtern Judy und Penny in Arbeitskleidung.**

UNTEN LINKS: **Die *Zeittunnel*-Truppe.**

UNTEN RECHTS: **James Darren war vor der Begegnung mit diesen „Visitors from the Stars" *(Der Zeittunnel)* das Idol der *April*-Filme.**

an einen Zirkus verkaufen wollen; Riesenwissenschaftler stecken die kleinen Reisenden in Einmachgläser; eine kleine Erdfrau wird entführt und in einer Spieldose gelagert; die Kleinen werden versehentlich für Kobolde gehalten; ein Riesenjunge läßt die Erdlinge gegen seine Spielzeugsoldaten antreten – solcherart waren die Probleme, mit denen die Mannschaft der *Spindrift* sich herumschlug. Auch wenn es Irwin Allens Science-fiction vielleicht an einem naturwissenschaftlichen Unterbau mangelte – unterhaltsam war sie allemal. Später drehte er zwei der größten Katastrophenfilme der 70er: *Die Höllenfahrt der Poseidon (The Poseidon Adventure*, 1972) und *Flammendes Inferno (The Towering Inferno*, 1974).

Mein Onkel vom Mars

Eine weitere erfolgreiche US-TV-Serie der 60er war *Mein Onkel vom Mars (My Favorite Martian)*, die beeindruckende 107 Folgen lief. Im Gegensatz zu allen anderen war sie eine 30-Minuten-Sitcom.

Der Journalist Tim O'Hara beobachtet die Bruchlandung eines Marsianers. Sie freunden sich an; der Marsianer, Onkel Martin getauft, zieht bei Tim ein. Da dies eine Familiensendung war, stellte Onkel Martin keine Bedrohung dar; er konnte sich zwar, wie Samantha in *Verliebt in eine Hexe (Bewitched)*, unsichtbar machen und wie Dr. Doolittle mit Tieren sprechen, aber seine Possen standen immer im Vordergrund.

Ray Walston, der den Marsianer spielte, erhielt für *Picket Fences (Picket Fences)* zweimal einen Emmy Award als bester Schauspieler. Bill Bixby, der Darsteller des Tim, trat später in *The Courtship of Eddies Father* auf, einer tollen Sitcom über einen Witwer und dessen Sohn. Noch später spielte er den Dr. David Banner in der Serie *Hulk (The Incredible Hulk)* und trat in drei *Hulk*-TV-Filmen auf.

Zu den beständigsten TV-Serien gehört *Dr. Who* aus England, die von einem 750 Jahre alten Zeitreisenden handelt. Die BBC sendete die erste Folge 1963 und hielt 26 Staffeln durch. Als die Serie entwickelt wurde, sollte sie Kindern die Naturwissenschaften nahebringen. Obwohl Whos Planet Gallifrey (soweit wir wissen) reine Fiktion ist, basierten die Stories meist auf Fakten. Folgende Schauspieler haben die Hauptperson dargestellt: William Hartnell, Patrick Troughton, Jon Pertwee, Tom Baker (OBEN), Peter Davison, Colin Baker, Sylvester McCoy und Paul McGann (UNTEN).

***Mein Onkel vom Mars* mit Bill Bixby und Ray Walston, hier mit Gaststar Marlo Thomas.**

RECHTE SEITE, IM UHRZEIGERSINN VON LINKS OBEN: **Gregory Harrison und Heather Menzies in *Logan's Run;* Belinda J. Montgomery (im Taucheranzug) und Patrick Duffy, der keinen braucht, in *Der Mann aus dem Meer;* und die Besatzung von *Kampfstern Galactica.***

Die 70er Jahre

Der Science-fiction ging es im Kino der 70er Jahre zwar gut, doch im Fernsehen war sie weniger gesegnet. Zwei erfolgreichere Serien – *Der Sechs-Millionen-Dollar-Mann (The Six Million Dollar Man)* nach Martin Caidins Roman *Der korrigierte Mensch* (Cyborg) und dessen Ableger *Die Sieben-Millionen-Dollar-Frau (The Bionic Woman)* – waren unterhaltsam und beliebt, aber auch ziemlich mäßig.

Colonel Steve Austin ist NASA-Pilot. Er büßt bei einem Absturz drei Gliedmaßen und ein Auge ein und wird für den Gesamtpreis von (richtig geraten!) 6 Millionen Dollar zusammengeflickt. Fortan arbeitet er für eine Regierungsbehörde als Kämpfer gegen das Verbrechen. Sein nuklear betriebenes Innenleben macht ihn zwar zu einem Superman der 70er, doch mangelte es der Serie nicht nur an Humor, sondern auch an den Doppelidentität-Plots des echten *Superman,* so daß sie als Krimi daherkam, der Austin dann und wann ins All führte. Die Serie, die 1974 startete, brachte es immerhin auf fünf Staffeln.

In *Die Sieben-Millionen-Dollar-Frau (The Bionic Woman),* erstmals 1976 ausgestrahlt, wird Jaime Somers nach einem tödlichen Unfall wiederbelebt und wie Austin in einen Cyborg verwandelt, doch verfügt sie über ein „bionisches" Ohr, mit dem sie Gespräche aus der Ferne belauschen kann. Die Serie dauerte drei Staffeln und ist heute noch überholter als *Der Sechs-Millionen-Dollar-Mann:* Die Zeitlupensprünge und gymnastischen Verrenkungen der Heldin wirken albern; trotz ihrer nuklear angetriebenen Beine wäre sie für den nichtbionischen Vampirkiller Buffy kein Gegner.

Nach heutigem Standard wirken diese Serien technisch deutlich überholt, was man von manchen älteren, mißt man sie mit den gleichen Maßstäben, keinesfalls sagen kann. *The Twilight Zone* hat z. B. noch immer Pep, da sie auf Phantasie und Spannung und weniger auf technische Trickserien setzte. Und *Raumschiff Enterprise* erschuf (auch wenn sie Popfarben zeigt, die man nach den 60ern nirgendwo mehr sieht) so erfolgreich eine eigene Welt voller fortschrittlicher Ideen, daß der Zuschauer ein-

fach mitgeht. Das bionische Pärchen war zwar unterhaltsam, hat aber keinen wichtigen Beitrag zum Genre geleistet.

1977 kam *Logan's Run,* nach dem Konzept des Films *Flucht ins 23. Jahrhundert (Logan's Run).* Die Serie hatte nur 14 Folgen und führte dem Publikum das Prä-Sexsymbol Gregory Harrison vor, der später in *Trapper John, M. D.* (Trapper John, M. D.), dem TV-Film *For Ladies Only* und dem Broadway-Musical *Steel Pier* von Kander und Ebb auftrat. Harrison spielt Logan, einen Cop des 23. Jahrhunderts, der „die Zuflucht" sucht, irgendein Paradies, in das jene fliehen, die an ihrem 30. Geburtstag nicht exekutiert werden wollen.

In dieser Szene aus *V – Die außerirdischen Besucher* hat Faye Grant offenbar gerade keinen guten Tag.

Das gleiche Jahr beschied auch dem *Mann aus dem Meer (The Man from Atlantis)* ein kurzes Leben (und einen raschen Tod). Patrick Duffy *(Dallas)* spielte die Rolle eines Atlantis-Überlebenden, der von einer Ärztin gerettet wird. Beide arbeiten für ein Meeresforschungsinstitut: Er unterstützt sie mit seinen besonderen Fähigkeiten unter Wasser bei ihren Missionen; außerdem macht er sich auf die Suche nach weiteren Atlantern.

1978 wurde *Kampfstern Galactica (Battlestar Galactica)* gesendet, doch auch diese Serie schaffte keine zweite Staffel. Zwar half ihre Ähnlichkeit mit *Krieg der Sterne* anfangs, Eindruck zu schinden, doch die Tricks kamen auf dem TV-Schirm nicht zur Geltung, und die Prozesse der Firma 20th Century Fox gegen *Galactica* kamen öfter in die Schlagzeilen als die einzelnen Folgen.

Die 80er und 90er Jahre

V – Die außerirdischen Besucher (V) fing 1983 als hochgeschätzte Zehn-Stunden-Miniserie an und wurde ein Jahr später zu einer weniger erfolgreichen TV-Serie ausgebaut, die nur eine Staffel lang währte: Die Erde erlebt eine Invasion durch naziähnliche Fremdlinge, die zwar menschlich wirken, in Wahrheit aber groteske Reptilien sind, die Ratten und Menschen verzehren. Das „V" bezieht sich auf das Siegeszeichen der Widerstandsbewegung. 1989 unternahm *V*-Schöpfer Kenneth Johnson mit *Alien Nation (Alien Nation)* einen neuen Versuch. Diese in

Los Angeles spielende Polizeiserie basiert auf dem Spielfilm von 1988 und handelt von zwei Kripoleuten, von denen einer vom Planeten Tencton stammt: Er gehört zu einer Viertelmillion ehemaliger tenctonesischer Sklaven, die auf der Erde gestrandet sind und sich an unsere rassistische Gesellschaft anpassen wollen. Gut durchdachte Demonstrationen dessen, wie sich Aliens biologisch und kulturell von uns unterscheiden, machen diese Krimiserie zu schicker Science-fiction. Trotz ihrer Anhänger wurden *V* und *Alien Nation* eingestellt.

Zurück in die Vergangenheit (Quantum Leap) brachte es hingegen auf fünf Staffeln. Obwohl die Serie erstmals 1989 ausgestrahlt wurde, wird man sich an sie irgendwann als Top-Serie der 90er Jahre erinnern. Der Quantensprunggenerator des Physikers Sam Beckett ist das Vehikel, das es ihm erlaubt, durch die Zeit zu reisen und Probleme zu lösen. Sam stößt auf Menschen in Schwierigkeiten, übernimmt zeitweise ihren Körper und verbessert ihr Leben. Der Fernsehzuschauer sieht Sam; wer sich in seiner Gegenwart aufhält, sieht den Menschen, den er „übernommen“ hat. Unter anderem lebt er im Körper eines Indianers, des

In *Zurück in die Vergangenheit (Quantum Leap)* spielten Scott Bakula und Dean Stockwell mit. Bakula zeigte sich in jeder noch so merkwürdigen Lage als flexibler Darsteller – auch in dieser Nummer in Frauenkleidern (OBEN).

Schimpansen Bobo, der Kandidatin eines Schönheitswettbewerbs, in einem Balletttänzer, in einem am Down-Syndrom erkrankten Menschen, in einem FBI-Agenten, einem Motorradrocker, einem Ku-Klux-Klan-Mitglied, einer Schwangeren, Lee Harvey Oswald, in einem Priester, einem Rabbi, Dr. Ruth Westheimer, einer Sekretärin, die sexuell belästigt wird; er lebt in dem Opfer eines Datenraubs, einem Rocksänger, einer angehenden Sängerin – und in seinem eigenen Ich von 1969. Die Möglichkeiten, Dramatisches mit Humor und Nostalgie zu mischen, wurden bis an die Grenzen des Möglichen ausgereizt.

Akte X (The X-Files, 1993) etablierte sich rasch zu einer der besten Serien, die je ausgestrahlt wurden, und erhielt als bestes Drama den Golden Globe Award. David Duchovny und Gillian Anderson bekamen den Preis als beste Schauspieler. 1997 konnte Anderson auch einen Emmy Award als beste Schauspielerin mit nach Hause nehmen. Die Grundlage der Serie ist einfach: Fox Mulder und Dana Scully sind FBI-Agenten, die ungewöhnliche Verbrechen und paranormale Aktivitäten untersuchen.

Mulder erkennt, daß traditionelle Fertigkeiten zur Lösung der Probleme nicht immer reichen; da er glaubt, daß seine Schwester vor vielen Jahren von Außerirdischen entführt wurde, hat er keine Vorurteile und geht Spuren nach, denen seine beschränkten Zeitgenossen nie folgen würden. Die anderen Agenten haben ihm den Spitznamen „Spooky“ verpaßt. Seine Kollegin Scully hingegen ist Ärztin, eine skeptische Wissenschaftlerin, die Mulders phantastische Vorstellungen mit plausiblen, handfesten Erklärungen kontern möchte. Aber sie hat auch genug Grips, um das Glaubenssystem ihres brillanten Kollegen nicht zu verwerfen.

Bei den X-Akten handelt es sich um ungelöste Rätsel – Verbrechen, die das FBI nie hat aufklären können. Mulder ist mit den Fällen gründlich vertraut und studiert sie, um Verbrechen der Gegenwart zu klären: Als ein Mörder zuschlägt, der seinen Opfern die Leber entnimmt, meint Scully, er könne unmöglich der Täter sein, der seit 1903 alle 30 Jahre ähnliche Verbrechen

beging. Sie sucht einen Mann, der 20 bis 30, aber keine 90 Jahre alt ist. Mulder kennt jedoch die X-Akte und weiß, daß es derselbe Täter ist. Als sie ein mit Galle gefülltes Nest aufspüren, enthüllt er die Wahrheit: Der Killer ist ein Mutant, der rohe Menschenleber ißt, anschließend 30 Jahre im Tiefschlaf verbringt und zwischen den Morden nur um ein Jahr altert.

Akte X ist mehr als jede andere phantastische TV-Serie mit der Science-fiction verwandt. Scully verleiht ihr wissenschaft-

liche Glaubwürdigkeit; auch wenn ihre Theorien am Ende widerlegt werden, ist die Naturwissenschaft ihr Ausgangspunkt. Die Serie versteht es, Geister, Vampire, UFOs und Wunderheiler – die Bestandteile vieler Horror- und Fantasy-Abenteuer – darzustellen, ohne den Boden der Wissenschaft zu verlassen.

Der Erfolg ist im großen und ganzen auf den Vertrauensmangel zurückzuführen, auf den die US-Regierung seit Watergate in den 70ern und seit der Iran-Contra-Affäre in den 80ern in breiten Bevölkerungskreisen stößt. Deutet *Akte X* bei tödlichen Viren oder Kontakten mit Außerirdischen eine regierungsamtliche Verschleierungsaktion an, dann haben nicht mal die patriotischsten Zuschauer große Schwierigkeiten, dies für bare Münze zu nehmen.

Der Erfolg von *Akte X* basiert auch auf den ausgezeichneten Drehbüchern, die sich manchmal stark von Filmklassikern inspirieren lassen: Die Antarktis-Episode, in der Forscher ein Loch in die Erde bohren und eine tödliche Kreatur entdecken, die vor 20 000 Jahren auf der Erde gelandet und seither eingefroren ist, imitiert ungeniert *Das Ding aus einer anderen Welt.* Die Künstliche-Intelligenz-Episode, in der sich ein zentrales Steuersystem in einem Hochsicherheitswolkenkratzer mörderisch gebärdet, erinnert an HAL aus *2001.* Außerdem gleicht Scully oftmals einer anderen, zwar starken, aber auch verletzlichen FBI-Agentin: Clarice Starling aus *Das Schweigen der Lämmer (The Silence of the Lambs).* Doch wenn sich die Serie zum Zweck der Inspiration an alte Werke anlehnt, dann tut sie dies stets mit gutem Geschmack und Ehrfurcht.

In einem Leitartikel für *Isaac Asimov's Science Fiction Magazine* (März/April 1978) schrieb Asimov: „Science-fiction ist jener Zweig der Literatur, der sich mit der menschlichen Reaktion auf die Veränderungen des Niveaus von Wissenschaft und Technik beschäftigt." Nähme man an einem Science-fiction-Weltkongreß teil und bäte 100 willkürlich ausgewählte Teilnehmer, den Begriff *Science-fiction* zu definieren, erhielte man wahrscheinlich ebensoviele verschiedene Antworten.

Photo: Ruth Kyle

Deswegen ist Asimovs Definition zwar nicht unbedingt endgültig, aber natürlich steht es ihm absolut frei, seine Meinung auszusprechen (und sie sich später anders zu überlegen!). Ich halte seine Aussage jedoch für einen ausgezeichneten Anfang, denn sie bringt die Dinge in einen Zusammenhang: *Frankenstein* ist Science-fiction, weil ein Wissenschaftler technische Apparate einsetzt, um einem Toten das Leben zu schenken. *Dracula* ist keine Science-fiction: *Dracula* ist ein ausgezeichneter Schauerroman, der unsere Furcht vor den Dingen speist, die sich nur im Dunkeln zeigen. *Dracula* hat mit Wissenschaft nichts zu tun.

Alles in allem muß man zugeben, daß einige der besten Science-fiction-Erzählungen Elemente der Wissenschaft mit Horror oder Fantasy verquicken, um etwas Plausibles zu erschaffen. Sieht man *Metropolis* im Zusammenhang mit der Zeit nach dem Ersten Weltkrieg, dann warnt der Film davor, daß technische Neuerungen in den Händen kurzsichtiger Tyrannen zur Massenvernichtung führen können. Orwells Roman *1984* mit seinem allumfassenden regierungsamtlichen Überwachungssystem ist auch *nach* 1984 aktuell und wird den Leser weiterhin so fesseln wie bei der Erstveröffentlichung im Jahr 1949. *Akte X* ist als TV-Serie deswegen so effektvoll, weil sie den Zuschauer an Dinge glauben läßt, von denen er sich mit Inbrunst wünscht, daß sie unmöglich seien – beispielsweise tödliche Insektenlarven, die als Nebenprodukte regierungsamtlich sanktionierter Drogenexperimente in Eiterbeulen auf dem menschlichen Gesicht heranwachsen.

NACHWORT

Science-fiction braucht nicht nur Sturm und Drang zu sein. Sie hat, wie jedes andere Genre, ein Recht auf viele Gesichter. Science-fiction kann unterhaltsam sein – die gutmütigen Streiche unserer Lieblingsmarsianer und Unsichtbaren sorgen für Spaß und Kurzweil. Sie kann staunen machen – wie in der tollen Stadtlandschaft von *Just Imagine* oder dem Gefühl der Realisierbarkeit in *E. T.* Sie kann sogar komisch sein: Sehen Sie sich *Frankenstein Junior* an!

Tja, und während wir uns dem Ende von Forrest J. Ackermans Welt der Science-fiction nähern, wird offensichtlich, daß immer weniger große neue Science-fiction-Literatur geschrieben wird. Die Pulps im Goldenen Zeitalter der 30er und 40er Jahre waren das perfekte Forum für den nicht aufzuhaltenden Kreativitätsschub, den Krieg, neue Technik und neue Industrien genährt hatten. Gäbe es in einem beliebigen Monat zehn Pulps mit jeweils zehn Stories am Kiosk – nun, dies wären 100 Stories auf einen Schlag pro Monat, die Hollywood nie verfilmen könnte (man stelle sich pro Jahr 1 200 neue Science-fiction-Filme vor!). Trotzdem hat Hollywood in den 50ern die Science-fiction für sich entdeckt. Die meisten großartigen Pulps sind längst tot. Heute kommt die populärste Science-fiction nicht mehr von Autoren wie Kuttner/Moore, Russell und Stapledon, sondern von Regisseuren und Produzenten wie John Carpenter, George Lucas und Steven Spielberg. Ihr Talent ist unbestritten, ihre Bemühungen sind lobenswert; sie halten das Genre am Blühen. Doch da ich noch immer das geschriebene Wort verehre und weiß, daß ich die heutigen Science-fiction-Fans nicht dazu zu überreden brauche, sich den neuesten *Star-Trek*-Film anzusehen (sie haben es schon getan, und zwar zweimal), ziehe ich mich nun mit folgendem Gedanken zurück: Gehen Sie hinaus und lesen Sie die *Größen.* Nicht nur Doyle, Wells und Verne, die einem schon in der Schule nahegebracht werden und längst im Film verewigt sind, sondern auch die weniger bekannten. Die Pulps sind heute Sammlerstücke, aber gute Taschenbuchanthologien werden immer wieder aufgelegt. In den Regalen des Buchhandels warten phantastische Welten auf Sie. Sie können es kaum erwarten, Sie anzuspringen und Ihnen zuzurufen: „Ich werde dir gefallen!“

LINKE SEITE: **Hugo Gernsback, der Vater der Science-fiction, und ich, Sohn der „Sci-fi“, auf einem Kongreß im Jahr 1960. Es war einer der faszinierendsten Augenblicke meines Lebens, Mr. Gernsback seinen „Hugo“ Award zu überreichen.**

FORRY EMPFIEHLT

Die dreibändige, von Donald H. Tuck zusammengestellte *Encylopedia of Science Fiction and Fantasy* (1974, Advent Publishers, Inc.) ist eine bibliographische Bestandsaufnahme der Science-fiction, Fantasy und Weird Fiction bis zum Jahr 1968. Leider ist sie momentan wohl nur in der Abteilung Nachschlagewerke der Bibliotheken einzusehen. Sie umfaßt Kurzbiographien und relativ vollständige Bibliographien sämtlicher Science-fiction-Persönlichkeiten, inkl. jener, die nur in den Pulps publizierten. John Clutes *Science-fiction – Die illustrierte Enzyklopädie* (1996, Heyne Verlag) ist großartig, fundiert und natürlich viel aktueller. Sie bespricht Autoren, Buchklassiker und Filme der 70er, 80er und 90er Jahre.

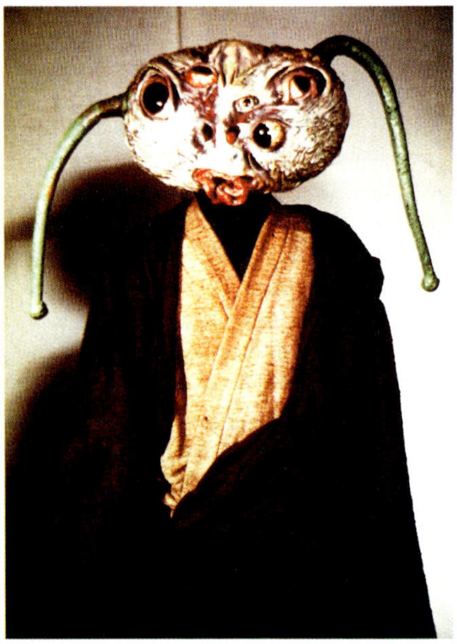

Zwei weitere Bücher sind ausgezeichnete Informationsquellen über Autoren: E. F. Bleilers *Science Fiction Writers* (1982, Charles Scribner's Sons) und Curtis Smiths *Twentieth-Century Science Fiction Writers* (1986, St. James Press). Smiths Band umfaßt alles und ist gut durchdacht, doch die Einträge sind stur enzyklopädisch (die meisten Themen werden lediglich auf ein, zwei Seiten abgehandelt). Bleilers Werk stellt lange kritische Aufsätze über jeden Autor vor.

Die Science-fiction-Filmenzyklopädie von Phil Hardy (1998, Heel Verlag) ist eine umfassende Darstellung und listet Jahr für Jahr auf, was zwischen 1895 und 1995 aufgeführt wurde. Das Buch enthält kritische Analysen vieler Science-fiction-Filme und listet Stabangaben (Regisseur, Produzent, Drehbuchautor, Kameraleute, Trickkünstler und Hauptdarsteller) ebenso auf wie Oscar-Sieger und Nominierungen. *The Film Encyclopedia* von Ephraim Katz (1990, Perennial Library) handelt zwar nicht speziell von Science-fiction, ist jedoch eine umfassende Sammlung von wissenswerten Trivialitäten.

TV-Nachschlagewerke gibt es viele, doch *The Encyclopedia of TV Science Fiction* von Roger Fulton (1990, 1995, Boxtree Limited) ist für Science-fiction-Begeisterte besonders nützlich. Sie enthält sämtliche Episoden aller Serien, einschließlich der Stabangaben, was nützlich ist, falls man erfahren will, in welcher *Twilight-Zone*-Folge beispielsweise Joan Blondell mitgespielt hat bzw. welche Episode auf Lewis Padgett (Henry Kuttner/C. L. Moore) basiert.

Thrilling WONDER Stories
OCT. 1938
DEC. 1938
AUG. 1940
NOV. 1940
JAN. 1941
FEB. 1941
DEC. 1942
Thrilling WONDER Stories AUG. 1936
Thrilling WONDER Stories OCT. 1936
Thrilling WONDER Stories FEB. 1937
APR. 1937
FEB. 1938
15¢
MASTERS OF TIME

REGISTER

WIR BEDANKEN UNS HERZLICH BEI FOLGENDEN PERSONEN, VERLAGEN UND FILMSTUDIOS FÜR DIE ROLLE, DIE SIE BEI DER GESTALTUNG DIESES BUCHES GESPIELT HABEN:

AIP, Air Wonder Stories, Brian W. Aldiss, J. C.Appelbaum, Arkham House, Isaac Asimov, Astonishing Stories, Astounding Stories, Neil Austin, Arthur Brooks Baker, Rick Baker, Harry Bates, Everett F. Bleiler, Hannes Bok, Ronald V. Borst, Anthony Boucher, Ray Bradbury, Bobie Bresee, Kevin J. Burns, Edgar Rice Burroughs, H. J. Campbell, John W. Campbell, Mark Carducci, Ted Carnell, Dino Castrillo, Clayton Publishing, John Clute, Bill Crawford, Frank Darabont, Walter J. Daugherty, Marcel Delgado, Myrtle R. Douglas, Anton Drek, Edison Films, Elliot Dold Jr., Lloyd Arthur Eshbach, Experimenter Publishing Co., Famous Monsters of Filmland (Warren Publications), Fantasy Press, Fantasy Publishing Co. Inc., Vigil Finlay, Fleuve Noir, Brian Forbes, Georges Gallet, Stuart Gardner, Gaumont-British, Hugo Gernsback, Mary Gnaedinger, H. L. Gold, M. Gourday, Hadley Publishing, Jack Harris, Marilyn Harris, Ray Harryhausen, Robert A. Heinlein, Antonio Helu, Russell J. Hodgkins, Linus Hogenmiller, Charles D. Hornig, L. Ron Hubbard, Hugos, George Clayton Johnson, Alexander Korda, „Keep Watching the Skies!“, Charles Keeping, Erle Korshak, Henry Kuttner, David A. Kyle, Carl Laemmle, John Landis, Fritz Lang, Verne Langdon, LASFS, Walt Lee, Murray Leinster, Los Cuentos Fantasticos, Robert A. W. Lowndes, Lucas Films, Bill Malone, Rouben Mamoulian, Ned Mann, Fredric March, Leo Margulies, Marvel Comics, Marvel Science Sories, A. Merritt, MGM, Bob Michelucci, Miracle Science & Fantasy Stories, Joe Moe, Mondadori Publishers, Morojo, Catherine L. Moore, Sam Moskowitz, Nebulas, National Portrait Gallery of London, Nebula Science Fiction, William F. Nolan, Willis O'Brien, Bob Olsen, Geo. Orwell, George Pal, Ray Palmer, Paramount, Frank R. Paul, Allan Rune Petersson, Jack Pierce, Tom & Terri Pinckard, Irwin Porges, Pyramid Books, Judson W. Reeves, Mark Reinsberg, Republic Pictures, RKO, Gene Roddenberry, Alva Rogers, Jean-Claude Romer, Theodore Roszak, Conrad H. Ruppert, Eric Frank Russell, Tom Savini, Ernest B. Schoedsack, Julius Schwartz, Science Fiction Digest, Science Fiction League, Science Wonder Stories, Rod Serling, Mary Shelley, Bob Short, Simon & Schuster, Clifford D. Simak, Curt Siodmak, Jack Speer, Startling Stories, Stirring Science Sories, A. W. Strickland, Super Science Stories, William F. Temple, Thrilling Wonder Stories, Tiffany, The Time Traveller, F. Orlin Tremaine, Twentieth Century Fox, UFA, Universal, A. Hyatt Verrill, A. E. van Vogt, Andy Warhol, Bill Warren, James Warren, Stanley G. Weinbaum, Mort Weisinger, H. G. Wells, Wesso, Olon F. Wiggins, Jack Williamson, Donald A. Wolheim, Wordsworth Classics, Farnsworth Wright, S. Fowler Wright, Berni Wrightson, Belle Wyman, Geo. H. Wyman, Ziff-Davis Publishing Co.